ここへ、おかえり

宇奈月香

イースト・プレス

contents

序章　悪魔の所業

——信じた私が馬鹿《ばか》だった……。

額から流れる汗が視界に水の膜《まく》を作る。息が上がる。重くなった足が辛い。それでも、アリーナは走るのをやめなかった。

一刻も早くあの赤く染まる場所へ向かわなければ。そして、胸に渦巻《うずま》くこの不安が間違いであることを確かめないと。

自分は取り返しのつかない過《あやま》ちを犯してしまったのかもしれない。

思い違いであって欲しいと思うも、集落に近づくほど赤々しい光は色濃くなり、禍々《まがまが》しさを増していた。

あぁ、風がこんなにも熱い。

海風に乗って聞こえてくるかすかな断末魔《だんまつま》の叫びに何度も足がすくんだ。立ち止まりたい衝動《しょうどう》をこらえながらひた走るアリーナの頬には幾筋《いくすじ》もの涙が流れている。海辺にやって来ていたイルカたちもきゅうきゅうと悲しげな鳴き声を上げていた。

(お願い、みんな無事でいて!)

が、たどり着いたそこは、一面火の海だった。

目につく物すべてに火がかけられ、荒《あら》くれ者たちが殺戮《さつりく》と略奪《りゃくだつ》の限りを尽くしていた。聞こえる悲鳴は誰のものだろう。

燃えさかる大地に転々と転がる島民たちの屍《しかばね》。抱きしめた赤子ごと地面に串刺しにされた女、鍬《くわ》を持ったまま胸を突かれ絶命した者。それぞれから流れた血が地面に浅黒い血溜まりを作っていた。

「そんな……」

一歩踏《ふ》み出したところで何かにつまずいてこけた。ほどよい弾力をしたそれは……。

(嘘……)

優しかった長老の変わり果てた姿に、全身が恐怖に戦慄《わなな》いた。

「あ……あぁぁ——ッ!!」

どうして、こんなことになったのか。

辺りからはパチパチと何かの燃える音がする。天へと昇る黒煙《こくえん》がすえた匂《にお》いを発していた。

村が死んでいく……。

陽炎《かげろう》のように揺らめく熱気は目に映るすべての輪郭《りんかく》を曖昧《あいまい》にするが、ただ一人の存在だけは鮮明《せんめい》だった。

十日前、アリーナが浜で助けた漂流者《ひょうりゅう》だ。父ぐらいの年代とみられるその男はオルガと名乗った。彼は航行中にひどい嵐に遭《あ》い、一人船から放り出された。そして、運よくアリーナたちの住むこのシレイニ島まで流れ着いたと話した。

『仲間が助けに来るまでこの島に滞在してもかまわないだろうか』

オルガはエクセリール国の王に命じられ、世界のどこかに存在すると言われている万能薬を探していた。それがあれば国内に蔓延《まんえん》している病を殲滅《せんめつ》することができると。だから、アリーナは彼にブラドの存在を教えた。島で作られる特別なトウビ草から成るブラドは、滅多に人の目に触れることのない貴重な物で、その分、取り扱いも厳重だった。長老の許しがなければ島の住人であろうと使用することができない。ブラドが彼の探している物かは分からなかったが、父を事故で亡くしたばかりのアリーナは、最愛の人を失う痛みを知っていた。迷いはしたものの、それで誰かの命が救えるのならと、父が危篤《きとく》だった時に渡されたままだったブラドを彼に渡してしまったのだ。

あの時、こんな結末が待っているなんて想像もしていなかった。

オルガは漂流者などではなかった。長老は初めからそのことに感づいていたのだろう。だからこそ、オルガの頼みを代弁しに来たアリーナを諫《いさ》め、諭《さと》したのだ。

オルガが村を襲撃《しゅうげき》したのは、そのすぐ後だった。

彼が救難信号と言って上げた狼煙《のろし》は、仲間を呼び寄せるための合図だったに違いない。そんな思惑も知らず、アリーナはあの男に言われるがまま尽くしてしまった。

死んだ父が戻ってきたような錯覚《さっかく》に舞い上がっていたのだ。

舞い上がる火の粉の中、悠然《ゆうぜん》と火の海に佇《たたず》むオルガは、彼の足下で蹲《うずくま》っている男に剣を突き立てると、足で男の体を蹴《け》飛《と》ばした。男が身を挺《てい》して守ろうとした赤子くらいの大きさの布袋から琥珀《こはく》色の塊《かたまり》を取り出し匂いを嗅《か》ぐと、ニヤリとほくそ笑んだ。

（あぁ、そんな……）

絶望した次の瞬間、女の絶叫が轟《とどろ》いた。

「いやぁぁぁ、父さん――ッ!!」

無残に破れた衣を纏《まと》ったまま、ローザが走り寄って来る。アリーナにとって姉のような存在の彼女の美しい顔は殴られたのか、その頬が赤く腫《は》れている。ひどい有り様に目を剥《む》いて凝然《ぎょうぜん》とした。

ローザは絶命した父に取りすがり声を上げて泣いた。

今、この場にはすでに自分とローザくらいしか見当たらない。あとはみんなオルガたちに殺されてしまったのだ。

「おのれ……ッ、許さない。絶対にお前は許さないわッ!!」

「ほう?」

ほとばしるローザの憤怒《ふんぬ》にオルガが目を眇《すが》めた。

海風に煽《あお》られ、炎が轟々《ごうごう》と唸《うな》りを上げた。死んでいった者たちの怨嗟《えんさ》の咆哮《ほうこう》とも聞こえるそれに、たまらず耳を塞《ふさ》いだ。落ちていた短剣をローザがオルガ目がけて振り上げるのを視界の端《はし》に捉える。

「死ねッ!!」

立ち向かう勇姿をアリーナはなす術《すべ》もなく見ていた。犯した罪の重さに体が強《こわ》ばっていたのだ。

「ローザ……ッ」

絞り出した悲鳴は、むなしく炎に煽られ消えた。

「……く、ぁっ!!」

腕をひねり上げられ、羽交い絞めにされたローザが苦悶《くもん》の表情になる。袋から飛び出た琥珀色の塊がいくつか地面へと散らばった。

「こんな細腕で私を殺せると思うとは……。捨て身の反撃とは愚かなことです」

「お前なんか……ッ、お前なんか!!」

「この島の者たちはみな強情で困りますね。誰一人としてブラドについて話したがらない。一人くらい己の命を惜《お》しむ者が居てもおかしくはないというのに。我が部下であればさぞ心強いことでしょうが、残念ながら今は征服《せいふく》すべき敵だ。さぁ、あなたはどうでしょう？ブラドはいかなる方法で作られるのですか？」

奪った短剣をローザの頬にあてがいオルガが言った。

「誰が……言うものですか！　私も殺しなさいよっ!!」

「見上げたものです。ですが、あの娘は違うようですよ？　アリーナ、女の命が惜しくば答えなさい。ブラドとは何です」

「アリーナ！　一言でも喋ったら承知しないよッ!!」

「黙りなさい」

うるさげにオルガがローザの頬を切った。

「ヒッ！」

瞬く間に褐色《かっしょく》の肌に走った血の線に、アリーナは完全に気圧《けお》されてしまった。

「やめてぇ……、もうやめてぇぇ……」

「アリーナ。まだですよ。こちらを向きなさい」

ローザの頬に二本目の血の線を生み出さんと、短剣があてがわれた。

「見たところ、植物性の蜜が凝固《ぎょうこ》したようですね。さて、何の蜜でしょうか？」

「ト、トウビ草よ！」

恐怖に駆られて、アリーナが白状《はくじょう》した。

「ブラドは……特別なトウビ草の蜜を…凝固させてできたもの…よ。でも、それを作るには不老不死の血肉が必要だって……」

「アリーナ!!」

ローザの怒声にビクリと肩が震えた。

「ごめんなさい……ごめんなさい、ローザ。でも……」

　このままではローザまで殺されてしまう。

「それで、血肉をどうするのです？　切り刻んだ肉体の中にトウビ草を浸《ひた》すのですか？　それとも……」

「う、埋めるのよ!!」

　震え上がったアリーナは咄嗟《とっさ》に叫んだ。

「……なるほど、そういうことですか。だからこそシレイニ島《人魚島》のトウビ草なのですね。何とも因果なものです。不老不死の人魚の末裔と言われる者たちの血肉を養分にして育ったトウビ草が万能薬になる。違いますか？」

　途切れ途切れの答えから導き出したオルガの推理力に、アリーナはもちろんローザすらも一瞬目を見張った。

　オルガが細い目をさらに細くして、アリーナの表情から言葉の真偽を探る。

「いいでしょう。アリーナ、よく聞きなさい。この女の命が惜しいならブラドを作りなさい。そのための素材ならたった今、私が用意しました。私の願いを叶えた暁《あかつき》には、あなたもこの女も助けてあげましょう」

「アリーナ、嘘に決まってる！　絶対に頷いちゃ駄目よ!!」

　腕の中で暴れるローザをオルガが締め上げた。

　たくさんの命がアリーナのせいで死んだ。これでローザまで死んでしまったら……。

そう思えば、とてもオルガに抗うことなどできなかった。オルガはアリーナの心を完膚なきまでにたたき伏せ、恐怖と罪悪感で服従させたのだ。

本当はブラドを作り出す方法なんて知らない。代々、島の長《おさ》だけに口伝えで受け継がれてきたものだからだ。けれど、この場でそれを言えばローザはどうなる。

答えはそこら中に横たわっていた。

殺されるのだ。

もっと自分が深く考えてさえいれば、奪われずにすんだ命たちだ。

(――これ以上、誰も死なせては駄目……)

彼に屈服するほかなかった。

力なく頷けば、「何でよっ!!」とローザの罵声《ばせい》が飛んできた。

「どこまでみんなを巻き込むのっ!?　そこまでして生きたいわけっ!?　みんなあんたのせいじゃないッ!!」

意気地のなさを罵倒《ばとう》されても、言い返す言葉なんて持っていない。

うなだれ、地面に突っ伏した。

「……ごめん…なさい」

「アリーナ!!」

それがローザの声を聞いた最後だった。

「よく吠《ほ》える女です」

　オルガがローザの口をふさぎ、急所を殴打《おうだ》することでアリーナを罵倒する声がやんだからだ。

　島が燃える音に、地面に顔を伏せ泣きじゃくるアリーナの嗚咽《おえつ》が混じる。

「あなたの知るすべてのことを他言してはいけませんよ。もし破るようなことになれば……お分かりですね」

　ねっとりと話す声音が全身に絡みついてくる。

「ブラドの育成期間は？」

「よ、……四年」

　咄嗟に脳裏をよぎった光景を思い出し告げた。島一面に広がるトウビ草の中でも一角だけ赤みがかった畑があった。それは四年ごとに収獲されていたはず。

「四年後、私は再びあなたに会いに来ます。その時までにブラドを完成させなさい」

　聞こえる声に、アリーナはただ黙って頷くしかなかった。

第一章　出会い

また貴族の変死体が上がった。今年に入り、これで四人目だ。

貴族ばかりが犠牲になる怪事件は今、エクセリール国の王都を震撼《しんかん》させていた。

一人目は自ら火だるまになった。

二人目は自ら鼠《ねずみ》に身を食いつぶさせた。

三人目は自らの体を切り刻んで絶命した。

四人目は四肢《しし》が散り散りになるほど自らを爆薬で吹き飛ばした。

自害で片付けるにはあまりにも常軌を逸した死に様に、民たちは貴族だけに蔓延する病があるのではと噂するようになった。

病を恐れ、貴族たちの多くは我先にと領土へと逃げ帰った。今、王都に残っている貴族は全体の半数にも満たない。

今年はフィランダ王の即位十五年の節目を迎える年だ。本来なら王都を上げて盛大に祝われるところなのだが、傾く一方の国政と、反比例して大きくなる不満の声に、しんしんと降り積もる雪の静けさよりも密やかで重たい気配が都を覆っていた。

噂は所詮《しょせん》、噂だ。しかし、まるきり根拠がないわけではなかった。

☆★☆

「クライヴ様、正気ですか？」

胡乱《うろん》な声音が問いかけた。

「当然だろ、このために手筈《てはず》を整えてきたんじゃないか。それとも、他に妙案《みょうあん》でもあるのか？」

夜も更けた客船の積み荷置き場。うずたかく積まれた荷の物陰《ものかげ》に身を潜《しず》めた男女はさっきから喧々《けんけん》と何やら言い争っていた。

が、青筋を立てているのは女の方だけで、クライヴと呼ばれた男は、嬉々とした様子で積み荷の蓋《ふた》を固定してある釘をあらかじめ用意してあった釘抜きで抜こうとしている。

「クライヴ様」

穏やかな波の音が聞こえていた。

わずかな明かり取りから差し込む月の光に照らされた彼の横顔は、端整だった。やや甘さのある顔立ちに意思の強さを感じさせるきりりとした眉、切れ長の双眸《そうぼう》と通った鼻梁《びりょう》。

異性の視線を奪うには十分な美貌を茶色の髪と眼鏡《めがね》で隠しはしているが、その異彩は際立っていた。

そんな男の様子をあきれ顔で睥睨《へいげい》しているのは、金色の髪をした美しい女だった。漂う透明感はいっそ冷酷なほどで、貴婦人の衣装に身を包んだ姿はまさに氷の女王と呼ぶにふさわしい。

「王子」

「しぃっ！　人に聞かれたらどうするんだ。何のための変装だと思ってる？　今はライと呼べと言ってるだろ、レイ」

「グレイス、です。勝手に愛称で呼ばないでください。だいたい私たち以外の誰がこんな埃臭《ほこりくさ》い場所に来るというのですか？」

「来るかもしれないだろ。なにせ、この船には新婚夫婦がわんさかと乗ってるんだ。いいか、彼らは俺たち偽装夫婦とは違い、正真正銘の蜜月を満喫中なんだ。隣に可愛い妻が愛おしげに寄り添ってくれているんだぞ。同じ男としてところかまわず盛り上がりたい気持ちは分からないでもない」

「むやみやたらと盛《さか》りたがるすけべ心は分かりかねますが、そうおっしゃるのならお早く妃を娶《めと》ってください」

賢王として愛されたナタリア女王亡き今、彼女の子であるクライヴこそエクセリール国の希望であり、再興の象徴となるべき者なのだ。

今は染め粉で茶色にしているが、本来の髪色は緋色。王家の血を引く者にしか現れない特有のものだ。

ナタリアの夫で現王でもあるフィランダよりも、国民と古参の貴族たちからの信望を集めているクライヴは、先の王ナタリア女王を母に持つ第一王子であり、歴《れっき》とした王位継承者であるにもかかわらず、フィランダ王がそれを断固として認めないため、いまだ王太子と名乗れずにいた。

が、クライヴは身軽な身分を逆手《さかて》に取り、国中を駆け回っている。民たちの暮らしぶりに直に触れて、彼らの声に耳を傾けていた。

だからこそ、怪事件の噂にまつわる情報を手に入れることができた。

「おい、茶化《ちゃか》すなよ。俺は真面目な話をしてるんだぜ」

「私もいたって真面目です。いいですか、クライヴ様は……」

「あ～ぁ、うちの奥さんは今日も厳しいねぇ。――っと、よし。こんなもんか」

始まった小言を遮り、開いた蓋にクライヴはご満悦《まんえつ》だ。

仲間が命と引き替えにして、『ブラド』と呼ばれる貴族の間ではやっている麻薬に関する情報を掴んだのは、三か月ほど前だった。

地図にない島に、『オルガ』という人物が定期的に船を出している、というものだ。

情報の裏を取ること二か月、準備に一か月を費《つい》やし、ようやくこの日を迎えたのだ。オルガは客船の航行に紛れて、孤島へ積み荷を降ろしている。クライヴたちはそこがブラドの製造場所でないかと踏んでいるのだ。

目的の場所は、エクセリール国から東方の海にあった。

果たしてブラドとは何なのか。その正体は今もって誰も知らない。分かっているのは白い粉末状の麻薬だということだけ。そして、ブラドの元締めであるオルガという人物についてはすべてにおいて不明だった。性別も年齢も分からない黒幕を捕らえるためにも、今はようやく掴んだ手がかりから辿っていく必要がある。そのためにクライヴとグレイスは新婚夫婦を装い、客として船に乗り込んだ。

事前に下調べをしただけあり、準備は万端だ。船の積み荷置き場の一角に、明らかに様相の違う荷が積まれている。その一つをクライヴたちが用意した荷とすり替えておいたのだ。クライヴはその中に入れておいた、平民に溶け込める服装へと早速着替え始めた。煌《きら》びやかな衣装を脱ぎ捨てれば、鍛《きた》え上げられた見事な肉体があらわになる。引き締まった筋肉は均整《きんせい》の取れた肉体美を作り出し、逞《たくま》しさが漲《みなぎ》っていた。

「髪は……まぁ、いいか。そのうち取れるだろう」

滞在期間は最長で三か月。それが、グレイスたちがクライヴの不在をごまかしきれる期間だ。その間にブラドとオルガの正体を明らかにすること。

それが、クライヴが己に課した密命だった。

クライヴは茶色に染めた髪をがしがしと掻き混ぜ、後ろに掻き上げた。眼鏡を外せば、彼本来の姿になる。今まで着ていた服は用意していた人型の入れ物に詰め込み、グレイスに押しつけた。

「俺だと思って丁寧に扱ってくれよ」

そう言って、自身は箱の中へと身を隠した。誰にも疑《うたが》われずに孤島へ行くにはこれしかないと打ち出した作戦に自信満々なのはクライヴだけで、お目付役のグレイスは終始不満顔だ。この後、グレイスはこの人形を海へと投じ、夫が海に落ちたと嘆《なげ》く憐れな妻を演じなければいけないからだ。

「本当に上手くやれるんでしょうね」

「やれるかどうかじゃない。必ずやるんだ。まぁ、俺に任せてくれ。必ず何らかの成果を持ち帰ってやるよ」

それが、死んだ仲間にできる最大の供養《くよう》だ。

彼の死を無駄にしないこと。

何としてでも作戦を成功させ、ブラドの蔓延を止めること。

同じ目的を掲《かか》げた者同士、そして尊い仲間を失った者同士、重なった視線には同じ思いがあった。

「まったく……」

渋々ながらも、グレイスがようやく好戦的な表情になった。

「後のことは私にお任せください」

「そうこなくちゃな。だからお前が好きなんだよ」

軽口を窘《たしな》めるように、グレイスは渡された人形でクライヴの頭をぎゅうぎゅうと箱の中へ押し込んだ。

「いいですか、くれぐれも無茶だけはなさらないでください。あなたの御身《おんみ》はお一人のものではないことも重々お忘れなきようお願いします」

わずかに頬を赤らめながら苦言を口にする様に、クライヴが目尻を下げた。

「俺がいつ無茶したんだよ」

「私の知る限り、無茶と無謀《むぼう》しかしておられません」

「勇敢だと言ってくれ」

「寝言は夢の中でおっしゃってください」

一歩も引かない言い合いに、互いに鼻白んだ。

どれほど無謀で無茶な作戦だろうと、クライヴが遂行《すいこう》するなら必ず成功する。これまでの経験と信頼があるからこそ、グレイスはこの計画を承諾したのだ。

「ご武運を」

「あぁ、頼んだぜ。相棒」

拳《こぶし》を数回複雑にぶつけ合い、無事と成功を祈る。これが相棒という名の絆《きずな》で繋がった二人のルーティンだった。

☆★☆

夜明け前の海を見ていると、気持ちが落ち着く。

朝の混じりけのない清涼な空気が体を目覚めさせてくれるようで心地よい。

海の浅瀬のせせらぎが、今朝見た夢の陰鬱《いんうつ》をすべて洗い流してくれるみたいだった。

（静かね……）

かつては聞こえていたイルカの声も、今はすっかり聞かなくなった。あの日を境に彼らはぴたりと浜へ来るのをやめてしまったらしい。

その昔、このシレイニ島の祖先は海の住人だったという。

みんなが死んで、島の活気も消えた。魚たちも目に見えて減った。

森の木々のざわめきと、波の音。空を飛ぶ鳥のさえずり。人の気配が消えた島はなんてわびしいのだろう。

年を追うごとに、ゆっくりと彼らの居た痕跡《こんせき》が消えていく。

島のみんなが死に絶えた今、島は静かに人との共存の門扉を閉じようとしている。自然のあるがままの姿に戻ろうとしているのかもしれない。

（全部私のせいね……）

アリーナは海風の冷たさに目を細めた。

夏が終わり、朝の冷え込みも徐々にきつくなってきた。

目深に外套のフードを被り直し、薄闇を白い息で染めながら海辺にある保管庫へと急ぐ。

相棒は茶色いロバだ。

オルガは月に一度、島に物資を送ってくる。当時、十一歳だったアリーナが孤島で一人生き抜くのは不可能だと判断した上での配給なのだろう。夜更《よふ》けにやってきて夜明け前には帰っていくので、アリーナはどんな人物が運んでいるのか知らない。

(どうせろくでもない人たちだわ)

そんなろくでもないものに生かされている自分もまた、ブラドを作る以外、何の値打ちもない人間なのだ。

結局、オルガが何者でブラドをどんな目的で奪ったのかは分からずじまいだった。あの男が話して聞かせた言葉はすべてでたらめだろうし、今更真相を知りたいとも思っていない。

今、アリーナにとって大切なのはローザを救うことだけだ。

『みんなあんたのせいじゃないっ!!』

消えない罵倒に心が砕けそうだ。

もし、このまま壊れてしまったらどうなるのだろう。ローザを救うことも、ブラドを作ることも忘れてしまえるのはアリーナにとって幸せなことではないのか。

幾度もそんな思いに突き当たり、そのたびに正しい道を探し求めた。いばらに覆われた道こそ、進むべき未来。アリーナが進むべき道だ。

心を強く持たなければ。

決意を新たに前を向いたその時、ふと人の気配がした。

——のせいだ。


黒い屍の幻影が道ばたに佇んでいた。

まだ夢の続きを見ているのだろうか。

運搬船が来る前は決まってあの日の夢を見る。死んだ者たちからの恨み言が木霊する燃える島の中を泣きながら歩き回る夢。そして、毎回必ずおかしな場所で目を覚ました。

今朝は厩舎《きゅうしゃ》だったし、その前はあぜ道だった。どこを歩いていたのか、足には擦り傷がたくさんできていて、手の爪には土が入り込んでいた。

無意識に島を徘徊《はいかい》しているのは分かるのだが、島のどこを見て回ってもその痕跡はない。果たしてどこをさまよっているのだろう。

（ねぇ、あなたは私がどこをさまよっているのか知っているの？）

顔のない黒焦《くろこ》げの屍に問いかけた。むなしさに自嘲《じちょう》的な笑みがこみ上げてくる。聞いたところで答えが返ってくるわけでもないのに、何をやっているのだろう。

いったい、いつから彼らを見ても恐怖を感じなくなったのか。

現実と幻が入り交じった世界に慣れれば、どれが本当なのかも分からなくなってくる。

（あぁ、体が重い……）

罪という足枷《あしかせ》が歩みを遅くさせた。

瞬間的に、燃えさかる大地が見えた。が、瞬きをした後は野草化したトウビ草が茂る大地があるだけ。雑然としながらも青い絨毯《じゅうたん》が風に揺らめく様は雄大で、この地で凄惨な出来事があったなど、それこそアリーナの思い込みだとすら思えた。

けれど、島も海も忘れてはいない。あの日、確かにこの島で大勢の人が死んだ。

刻まれた惨劇《さんげき》は、時折こうして幻影として現れては、アリーナの心に罪人の焼き印を残していく。決して逃れられはしないのだと知らしめていくのだ。

朝露に濡れたトウビ草がさわさわと風に踊《おど》っている。

アリーナの背丈よりも高くなったそれが、時の流れを痛感させた。

約束の時はすぐそこまで迫っている。この冬を越せば再びあの男がローザを連れてやって来る。その時こそ――。

(頑張《がんば》れ)

自身を奮い立たせると、ぶるる…とロバが首を振った。

今朝は珍しく気が立っているようだ。アリーナの心境が彼にも伝わったのだろう。

三年半前、主を失い棒切れほど痩《や》せ細り行き倒れていたロバが、彼だ。同じくらいやつれていたアリーナだったが、必死になって看病をした。それこそ寝る間もないくらい世話に明け暮れた。

(もし、あの時この子に会わなかったら、今の私とは違う私が居たかもしれないわ)

夢中で看病をしたことが実を結んだのか、ロバの生きたいと願う気持ちがアリーナにまとわりつく死の影も払ったのか。どちらにしても、彼を看病したことは、アリーナの心をもう一度生きる道へと向けさせるきっかけになった。

必死になって生きようとする姿が、アリーナに力をくれたのだ。

目的地に着くと、アリーナは荷台をロバから外し、保管庫の中へ運び込んだ。

レンガ造りの保管庫には、今回も一人分には十分すぎるほどの物資が納められている。使い切れずに残っていた物はすべて持ち去られ、新たな物と交換されているという徹底ぶりだ。

「こんなにもいらないのに……」

食料品以外にも、衣料品、薬、燃料と暮らしに必要な物資が揃《そろ》っていた。ここへ来ると、オルガに飼われていることをまざまざと痛感させられた。

物資の入った木箱の前に立ったアリーナは、保管庫の隅に立て掛けてあった釘抜きを蓋に打ち込まれた釘にあてがった。すると、奥の方で物音がした。

（また？）

アライグマのフィリップが今回も一足先に食材にありつこうとやって来たに違いない。

嘆息《たんそく》し、いったん工具を下ろす。

ちらりと見えた茶色の毛並み。やはり、そうだ。

アリーナは何の迷いもなくそれに手を伸ばすと、むんずと掴んだ。

「こーら、フィリップ。いくらここが温かくて美味《おい》しそうな匂いがするからって、勝手に入って来ちゃ駄目よと何度言ったら……」

えいっと引っ張り上げた先にあったのは、つぶらな瞳の動物ではなく――人。

(――え?)

これも幻影なのか。でも、黒焦げになっていない幻影なんて初めてだった。

髪を摑まれた男は、輝く青い目をこぼれ落ちんばかりに見開いていた。

しげしげと男を見つめながら、緩慢《かんまん》な仕草で首を傾《かし》げた。男の方もアリーナを凝視していたが、やがて取り繕《つくろ》った笑顔で「や、やぁ」と手を上げた。

「君、この島の子? よ、よかった。俺はクライヴ。実は乗っていた船が途中で難破《なんぱ》して……」

違う。本物の人間だ。

「――き、きゃあぁぁぁぁ――っ!!」

悲鳴を上げ、摑んでいた髪を振り払った。

「お、おい! ちょっと待てよ!!」

一目散に逃げ出そうとしたところを後ろから羽交《はが》い締めにされる。その拍子に持っていた釘抜きが手から零れ落ちた。

「やぁぁ――ッ!」

「落ち着けって! おい、頼むから!!」

「んンンッ!?」

男がアリーナの口を手で塞ぎながら、深く抱き込んだ。動物とは違う質感に総毛立つ。生々しい人の感触に完全にパニックになったアリーナは、無我夢中で手足をばたつかせた。力一杯腕に爪を立てると、男が悲鳴を上げる。

「痛――――ッ!! ったく、だから怪しい者じゃないと言ってるだろ!!」

自らを不審者だと名乗る悪党がどこに居る。

(どうしよう、また島に略奪者がやって来たんだわっ)

心臓がドクドクと警鐘《けいしょう》を鳴らしている。落とした釘抜きの位置をちらりと目で確認したアリーナは神妙《しんみょう》な振りをして首を縦に振った。男が拘束を解くや否や、即座に釘抜きに飛びつく。目を丸くした男は、舌打ちしながらアリーナに飛びかかった。

「そんな物騒なもので何するつもりだっ!?」

俊敏《しゅんびん》な動きに摑まり、あと一歩のところで手が空を切った。

「あ、悪党! 今すぐ出て行って!!」

「誰が悪党だっ、人の話を聞けよ! 船が難破したと言っただろうがッ!!」

今度はそう易々と腕を緩めそうにない。触れている部分の生ぬるさに身震いした。

(嫌……助けて。放してっ!)

「頼む。誰か大人を呼んできてくれないか? できれば男がいい。力を貸してくれ」

「……な…いっ」

「――は？」

間の抜けた問いかけに、アリーナは夢中で叫んだ。

「ここに人は居ない！　わた…私だけ……ッ」

二度と海の向こうからやってくる人の言葉など信用しない。

(きっとこの人もブラドを狙ってやって来たんだわっ!!)

「も……嫌！　今すぐ島から出て行って!!」

「おい、ちょっと待ってくれ。今、人は居ないって言ったんだよな？　じゃあ、この島には君一人で住んでいるのか？」

男は驚愕の言葉を口にしながら、まじまじと腕の中のアリーナを見下ろした。

「君、いくつだ？　悪い。ちょっとコレ、外すぞ」

言うなり被っていたフードを取り払われた。あらわになったアリーナの姿を見た途端、男が瞠目《どうもく》した。

(何……？)

沈黙を訝《いぶか》しみ、恐る恐る男を見遣る。

「アデ……いや、そんなはずない。でも、その髪……」

呟きに、ハッとした。

元々蜂蜜《はちみつ》色だった髪は、あの出来事以来、色が消えた。今は蜂蜜色と白髪がまだらになっている。それは三つ編みにしていても十分目立つ色合いだった。

アリーナは慌ててフードを被り直した。身を捩るも、拘束はまだ緩まない。

「放してっ」

「――え？　あ、あぁ。あと少しだけ聞きたいことがある。それが済んだらな」

冗談じゃない。これ以上話すことなど何もない。

「さっきの話だけど、本当に君一人なのか？　それはいつから？　なぜ一人なんだ。他の島民はどこへ行ったんだ？」

「あ…あなたに、関係ない……ッ」

「さっきから露骨《ろこつ》に嫌がりすぎだろ。俺はクライヴ。多分聞いてなかっただろうから、もう一度名乗っておく。それで、君の名前は？」

クライヴはまったくと言っていいほど、人の話を聞いていない。

そして、なんてなれなれしいのだろう。

「おいおい、名前くらい教えてくれたって平気だろ。なにしろ、俺はこれから助けが来るまでこの島に居る……」

「駄目よっ、今すぐ出て行って！」

口を開けば「出て行け」と言うアリーナに、クライヴがややあきれ顔になった。

「出て行けって言われても、どうやって？　この島には航海に耐えられるような船があるのか？」

のんびりとした声での指摘に、アリーナは「それは……」と口ごもった。クライヴは窺い顔で覗き込んでくる。

「その様子から察すると、無いんだな。じゃあ、次の質問だ。物資はどれくらいの間隔で運ばれて来るんだ？」

「――一か月よ」

早く彼に離れてほしくて嫌々答えると、クライヴは「ふぅん」と頷いた。

「ということは、少なくともそれまでの間は同じ島に居るわけだし、名前を知らないのはやっぱり何かと不便だと思わないか？　君が〝フィリップの飼い主さん〟でもいいのなら、俺はいっこうにかまわないが。ちょっと長いけどな。――どうする？」

（どうする、と言われても……）

船が難破し、漂流して来たと言うわりになんて暢気《のんき》なのだろう。親しみすら滲《にじ》ませてくる軽口に、アリーナはますます警戒心を強くした。

クライヴの言動すべてが嘘臭《くさ》いのだ。

（深刻な雰囲気がまったく無いもの）

無事に自国へ戻れるかも分からないのだから、落胆や悲嘆《ひたん》に暮れていても不思議ではない。なのに、彼が話すことと言えば、これからどう暮らしていくかということばかり。信じられないほど前向きな性格なのか、それとも船が難破したということ自体が嘘だからなのか、どちらかしかないだろう。

（何者なの……）

どちらにしろ、彼が招かれざる者であることだけははっきりしている。疑いが消えるまでは……いや、違う。彼が何もせず何も知らないまま島を出て行くまでは決して気を許しては駄目だ。

腕の中でじっとしていると、クライヴが人好きしそうな表情で「名前、教えてくれよ」と言った。

(絶対に嫌)

きゅっと下唇を噛みしめ、頑《かたく》なに口をつぐむ。

「じゃあ、俺が当ててやる。それなら文句ないよな。そうだな……、キャロル、シャーリー、セシリア、レイラ、アリー」

初めはまったく見当違いだった名前が徐々に近いものへと移り変わっていく。ひやりとしていると「アリーが近いのか」と呟いた。

「今、〝何で分かるの？〟って思っただろ」

読心術でも会得《えとく》しているかのような口ぶりに、恐る恐るクライヴを見上げた。

クライヴはニヤリと不敵に笑った。

「意外と感情がダダ漏れなんだな。いちいち体が反応してる」

「や……っ」

「放して欲しかったら、名前、教えろよ」

適当な名前で呼ぼうとしていたのが、いつの間にか完全に脅迫されている。

ずる賢いやり方に内心苛立《いらだ》ちながらも、渋々「アリーナ」と答えた。

「――アリーナ？」

ほんのわずかだが、確かに微妙な沈黙があった。

クライヴはおもむろにもう一度、アリーナのフードを外した。

「や……だっ、何するの」

「あ……と、悪い。――そうか、アリーナか。いい名だな」

そう言って、ようやく拘束を解いた。取り繕ったような笑顔が、いよいよ胡散《うさん》臭さを際立たせている。

「それで。アリーナはこれを取りに来たんだろう？」

胡乱な眼差しを向けるアリーナをよそに、クライヴは何食わぬ顔で物資が入った箱を指さした。

「すごい量だな。本当にこれで一人分か？　すべてエクセリール国の刻印が入っているということは、エクセリール国と交易があるのか？　いったいここはどこで、何という島なんだ」

矢継ぎ早の質問に答えることなく、アリーナは横を向いた。

クライヴが肩をすくめた。

「つれないな。ひょっとして、俺、警戒されてる？」

あえて言葉にしなくても、十分アリーナの態度からそれは伝わっているはずだ。

アリーナが島について知っていることは、この島が『シレイニ島』と呼ばれていることと、島の伝承くらいだ。そもそも当時十一歳だったアリーナが、この島がどの国と交易をしていたかなど知るはずがなかった。

「あなたもエクセリール国の人なの？」

「いいや、マーディ国だ」

大人になったら島の外に行きたいと言っていたローザとの話の中で、聞いたことがある国名だ。確か、エクセリール国の隣にある国だとか。だが、詳しくは知らないアリーナは気のない返事をした。

「そう」

「〝そう〟って、それだけ？　マーディ国といえば、エクセリール国の現王の故郷なんだぞ。緋色の髪を持たない初めての国王誕生だと、当時は随分話題になったのに」

驚く姿を見て、ひどく嫌な気分になった。

心がずしりと重い。こんな気持ちを何というのだったろう。

アリーナは物心ついた時からシレイニ島に居た。が、自分がこの島の先住民でないことは成長していく過程で分かっていた。決定的な違いは、肌の色だ。彼らが小麦色の肌をしているのに対し、アリーナは色素を抜き取られたように白かった。

そして、彼らは素晴らしく泳ぎが上手かった。海の中にも長い時間潜《もぐ》っていられるし、いつも側にはイルカがいた。イルカと共に水の中を自在に泳ぐ姿は美しく、彼らの祖先が海の住人だったという伝承もあながち嘘ではないかもしれないと思ったほどだ。

　ならば、なぜ自分はシレイニ島に居るのか。どこから来て、なぜこの島にたどり着いたのだろう。アリーナと共に島に流れ着いた父は、それまでの記憶をすべて失ってしまっていた。思い出すことのないまま、アリーナが十歳の時、倒木の下敷《したじ》きになって死んだ。それからは島民たちの助けを借りながら、なんとか暮らしていたのだ。

（あぁ、そう。屈辱《くつじょく》感だわ）

　心が傷つけられると、今まで以上にクライヴと話すのが煩わしくなった。

　真一文字に唇を結び、またフードを被り直す。

（もう、いい。荷物はまた後で取りに来よう）

　そこで丁度入り口から入って来た小さな存在に「遅いじゃない」と内心で悪態《あくたい》をつきながら、一直線に物資へと近づくアライグマのフィリップを抱き上げた。

「待って、後でちゃんとあなたにもあげるから」

　届く物資すべてが動物たちに無害だとは限らない。フィリップは不満げな鳴き声を上げたが、アリーナの言葉を理解しているのか、すぐに腕の中でおとなしくなった。

「……ここにある物は好きに使って。運搬船はいつも夜更けにやって来るわ。上手く乗れるといいわね」

　そっけなく言って、保管庫から出て行こうとした。

「待てって」

「や……っ!!」

肩を摑まれて、掛かった手を反射的に振り払った。

「荷物を取りに来たんじゃないのか？　それに、少しくらい力を貸してくれたって、……おい、泣くなよ」

強引にアリーナを振り向かせたクライヴが、頬を伝う涙を見て言葉を詰《つ》まらせた。

アリーナは顔をそらし、クライヴから涙を隠す。

「もしかして、さっき俺が言ったことか？」

「……」

答えずにいると、クライヴが大仰《おおぎょう》にため息をついた。くしゃりと髪をかきむしる。

「……悪かった。馬鹿にしたつもりはなかったんだ」

悪意はなくとも傷ついたのだ。

(早くここから出て行きたい)

彼と同じ空間に居ることが苦痛でたまらなかった。

返事をしないことに、クライヴが苦い顔をしたまま小さく笑った。

「お詫《わ》びに荷物運びを手伝わせてくれ。それに乗せればいいのか？」

控えめな態度に、少しだけ顔を上げた。訝しむアリーナの顔色を窺うように苦笑いを浮かべ、クライヴが積み荷の箱ごと持ち上げた。

「あ……」

「何だ？」

「……全部じゃなくていいの」

「そうか。じゃあ、中を確認してくれ」

持ち上げた荷をいったん元の場所に戻すと、慣れた手つきで積み荷の蓋を開けた。彼を警戒しながら腕の中のフィリップを下ろし、荷台に乗せてあった籠《かご》を取る。譲られた場所に立ち、籠の中に必要な物を詰めていく。ジャムに保存食、小麦粉、調味料に石鹸《せっけん》、薬。違う箱を開けようとすれば、クライヴが手伝ってくれた。

「肉はいいのか？　ベーコンもあるぞ」

目を合わせないまま、首だけを横に振った。

いちいち話しかけてこないで欲しい。

(これくらいあれば、きっと大丈夫ね)

普段よりも多めに詰め込んだのは、できる限りここで彼と顔を合わせたくないからだ。まだ家にある分を合わせれば、半月くらいは大丈夫だろう。

一息つくと、視線を感じた。仕方なく顔を向ければ、きまり悪い様子のクライヴが佇んでいた。

「それからどうすればいい？」

「――外にロバを待たせてあるから。それに繋ぐの」

「分かった」

クライヴが荷台を外へ運び出し、ロバに括《くく》りつけた。物資の補充が終わればアリーナがここにいる理由はなくなる。

「……ありがとう」

「お役に立てたなら光栄だ。それと、――本当に悪かった」

改めての謝罪に、アリーナは小さく頷いて受け入れた。

それきり会話は途切れた。水平線から顔を出した朝日が、ゆっくりと二人を照らす。アリーナは一度はそちらに視線を向けたものの、また俯《うつむ》いた。

(彼はこれからどうするのかしら……?)

勝手にしろと彼を突き放しておきながら、いざ立ち去ろうとすると何となく罪悪感が残る。

だからと言ってすぐに気を許すつもりはないけれど、彼はこの後どこで救助を待つのだろう。せめて、もう少しだけ島のことを教えておいてもいいのではないだろうか。

シレイニ島に人を襲う獣《けもの》はいないが、全土が安全だとは限らない。毒を持った動植物や虫もいる。小さいが山もある。落ち葉で隠れている大きな穴だってあるのだ。

突然やって来て、耳障りな言葉でアリーナを傷つけた嫌な人。

放っておくべきだと分かっていても――。

「あ、あなた……は、――その、どうするの?」

心の片隅で手を差し伸べろと誰かが囁きかけた。

「とりあえず島を見て回るよ。住めそうな場所を探さないと」

ベルトに指を掛け、仕方なさそうに笑う姿は、どこか心許なく見えた。

この島にすぐに住める場所など、アリーナの家しかない。唯一の集落はあの日に廃墟《はいきょ》と化した。放置されたままだから、きっとひどい有り様になっているだろう。

「……そう」

他に言うべき言葉が見つからない。

（でも、かかわり合いになるべきではないわ）

自分で自分を納得させ、手綱《たづな》を引いた。さよならも告げることなく背を向け、ロバを歩かせる。しばらくは蹄《ひづめ》と自分の足音しかしなかったが、ややあってクライヴの足音が混じってきた。

ついてきている。

背中に感じる視線に居心地の悪さを覚えた。じっとアリーナの様子を窺うような気配に、何度も振り返りたい衝動に駆られる。

「――何？」

「別に。方向が同じだけだ。気にするな」

たまらず振り向けば、飄々《ひょうひょう》とした声が返ってきた。

そうして、また視線が絡みついてくる。同じ方向へと歩いて行く。これで気にしない方がおかしい。

ぴたりと足を止め、盛大にため息をついた。

「――分かったわ。島の案内だけならしてあげる」

渋々のアリーナに対し、クライヴはなんて嬉しそうなのだろう。

「助かる」

すぐ隣に並ぶ憎めない表情に呆れながら、アリーナはまたゆっくりと歩き出した。

クライヴのそこかしこに朝日の粒が宿っている。茶色の髪が潮風《しおかぜ》になびくたびに、光の粒が踊っていた。

(綺麗な顔の人)

アリーナが知る中で、彼が一番端整な顔立ちをしていた。背丈も見上げるほど高い。アリーナの頭が彼の肩の位置なら、父と同じくらい長身だということだ。だが、父ほど逞しくはなさそうだった。父は服の上からでも隆々《りゅうりゅう》とした筋肉が見えていた。

だが、それを差し引いてもクライヴはとても格好いい。

(駄目よ。見た目のよさになんて惑わされないんだから)

まだ彼が何者かも分かっていないのに、そんな人にときめくなんて危なっかしい心だ。

これだから、自分は浅はかだと言われたのだ。

荷台には保管庫からついてきたフィリップがちゃっかりと乗り込んでいた。ロバもクライヴの存在に興奮している様子はない。動物はアリーナよりも危険を察知する能力が高い。彼らが落ち着いているということは、アリーナが思っているような悪人ではないのだろうか。

（私が気負いすぎているだけなのかしら？）

だが、安心はできない。あの男だって初めは善良な人を装っていた。

きゅっと唇を引き締め、極力彼を視界に入れないよう努めた。クライヴが横目で様子を窺っていることも気づかず、黙々と歩く。

「なぁ。あれ、村じゃないのか？」

不意にクライヴが言った。指さした先には数軒の家の屋根が見えていた。

「――あそこは、駄目」

「どうして？」

クライヴが怪訝な顔をした。

「とても人が住める状態じゃないと思うの」

「ないと思うのって、随分他人事だな。君の家はあそこにあるんじゃないのか？」

少し迷ったが、アリーナは違うと首を振り、自分の家のある方角を指さした。

「私の家はこの道を上がったところよ」

「ふぅん。でも、どのみちあそこへ行ってみるべきだろう。どっちだ？　あぁ、あそこから行けるのか」

「ちょ、ちょっと」

制止も聞かず、クライヴが道を折れた。躊躇《ためら》ったが、このままにはしておけなくて、アリーナも後に続く。

この道を歩くのは随分と久しぶりだった。

「どうしてアリーナの家は集落から外れたところにあるんだ？」

それは父が海の見える場所に住みたいと長老に願い出たからだった。海が父の失った記憶を呼び戻すきっかけになるのではと考慮してくれたからでもある。

だが、そんなことをクライヴに話すつもりなどなかった。

「それも黙秘《もくひ》か」

クライヴのぼやきを聞き流して何気《なにげ》なく後ろを振り返れば、青く茂るトウビ草の中で一角だけがほのかに赤く色づいていた。トウビ草は元々の自生力が強い植物だ。放っておいても勝手に伸びていくが、赤みがかったものだけは手を掛けている分、整然としていた。

（みんなはあそこで眠っている）

オルガは村で死んだみんなをあの一角に集めて埋めた。そして、あの日からアリーナは村に足を踏み入れることができないでいる。廃墟のままにしてはおけないと思いつつも、村の入り口にさしかかると足がすくんで動けなくなるのだ。恨み言も幻影も慣れたとはいえ、村から漂うわびしさにあの日の恐怖が呼び起こされる。

毎回、村に近づくにつれ、みんなの笑い声が聞こえてくる。やがてそれは悲鳴となり、アリーナに対する恨み言へと変わるのだ。

「――ここか」

クライヴの声に足が止まった。

「確かに寂《さび》れてるな。草が伸び放題でひどい有り様だ。でも、手を入れれば住めないわけでもなさそうだ」

顔を上げられずにいるアリーナの代わりに、クライヴが村の状況を聞かせてくれた。

そうか、そんなに草が茂っているのか。

その時、おもむろに腕を摑まれた。

「案内してくれるんだろ？」

同伴することを強要され、反射的に顔を上げた。

「――ッ!!」

直後、視界に広がったのは鮮明なほどに再現されたあの日の光景だった。夢で見る時のようには血の色に染まっていない世界で、黒焦げの島民たちがずらりと入り口に立ち並んでいた。ぽっかりと開いた二つの空洞に眼球などないのに、アリーナはみんなの視線を感じた。

――お前のせいだ。

聞こえた声にヒュッと喉を鳴らし、その場に膝《ひざ》からくずおれる。

「どうしたっ!?」

咄嗟に受け止められたが、アリーナには支えるその手が島民たちのものに見えた。

「や……あぁぁっ……」

「アリーナッ!?」

鋭い声にふっと幻影が消えた。

「――あ……」

それでも、こみ上げる強烈な恐怖が体を震わせている。真っ青な顔で冷や汗を浮かべるアリーナのただならぬ様子に、クライヴが血相を変えた。

「大丈夫かっ?」

首を横に振って、今見た妄執《もうしゅう》を脳裏から振り払う。が、目に焼き付いた光景が強すぎて、声が出ない。震えも一向に収まる気配はなかった。

「おい、しっかりしろ! どこか休む場所は……って、あるわけないか」

舌打ちし、クライヴがアリーナを荷台に放り込む。

「お前だけが頼りだ。頼む、彼女の家まで案内してくれ」

クライヴがロバの手綱を手に取ったのを、薄れていく意識の中で感じた。

☆★☆

カタン…という物音で目が覚めた。

「あ……れ、ここ……？」

見慣れた室内に目を瞬かせ、アリーナは体を起こした。窓から差し込む陽光があかね色になっている。ぼんやりと窓の外を眺《なが》め、やがてそれが夕焼けであることに気づいた。

保管庫に物資を取りに行って、クライヴという青年に出会った。彼に連れられ村へ行ったところで記憶が途切れている。

（どうやって戻ってきたのかしら……？）

また眠っている間に無意識に徘徊していたのかと足を見遣るが、汚れている形跡はなかった。ベッドの脇には朝履《は》いていた靴がきちんと並べられている。

首を傾げながら、靴を履き直す。扉を開けて、飛び込んできた光景を見てもアリーナは状況を理解できなかった。

「よかった、起きたか。体調はどうだ？　気分は？」

「何で居るの……？」

どうして彼がこの家に居るのだろう。書架《しょか》の前で本を捲《めく》っていたクライヴがこちらに顔を向けた。

「おいおい、あんまりだな。村の前で倒れた君をここまで運んできたんだぞ。まずは、礼くらいあってもいいんじゃないか？」

「倒れた……、――あ」

「思い出したか？」

クライヴは手にしていた本を閉じ、元の場所に戻した。

「勝手に上がらせてもらったことは悪いと思ってる。でも、緊急事態だったことも分かって欲しい。ついでに、あいつにも礼をしてやってくれないか。この家まで案内してくれたんだ」

そう言って、クライヴはソファの上で丸くなっているフィリップを指さした。

「本当はロバに道案内を頼んだんだが、こいつの方が嬉々として案内役を買って出てくれたんだ」

我が物顔でくつろいでいるフィリップに苦笑いをして、クライヴを見た。

「そうだったの……。迷惑をかけてごめんなさい」

視線を巡らせれば、テーブルに用意してあった朝食が無くなっている。昨日焼いたドライフルーツをふんだんに入れたケーキも綺麗さっぱり消えていた。

「あ――、悪い。腹が減り過ぎて俺が食べた。すごく美味《うま》かったよ」

きまり悪そうに頬を掻く姿が少しおかしかった。ほうっと息を吐いて、アリーナは台所まで歩いた。アリーナの家は寝室と浴室以外はすべて一部屋になっている。このつくりになっているのは、シレイニ島でもアリーナの家だけだ。おそらく父の記憶にある家がこうだったからなのだろうと思っている。

ポンプで水を出し、コップに注ぐ。一気に飲み干した後、窓から見える夕焼けに目を細めた。

「夕方なのね……」

「あぁ、ほぼ半日眠ってたな」

ぐっすりと眠ることができたからか、今朝よりは気分がいい。

ゆっくりとクライヴを見た。

「それで。あなたはこれからどうするの？」

クライヴは曖昧に笑った。答えを口にしないのは、答えを見つけていないからか、それとも気持ちが決まっているからなのか。

「――お願い、あの村には入らないで」

「いつからあそこは廃墟になったんだ。住人はどこに行ったんだよ」

「……」

アリーナは手の中のコップに視線を落とした。クライヴが小さく息をつく。

「集落はあそこだけなのか？　他に住めそうな場所に心当たりはある？」

問いかけに、アリーナは首を横に振った。

わずかな沈黙の後、クライヴが言った。

「無理を承知で頼む。――助けて欲しい」

顔を上げれば、懇願《こんがん》の眼差しとぶつかった。

彼からの懇願はこれで二度目だ。

「贅沢は言わない。雨風がしのげればどこだっていい。馬小屋でもかまわない。頼む」

もう漂流者は助けないと決めていた。けれど——。

かかわりを避けることが難しいのなら、アリーナが用心すればいい。次の船が来るまでだと思えば我慢もできる。

コトリ…と流し台にコップを置いた。

「次の船が来るまでなら」

それがアリーナにできる最大の譲歩だった。

出した条件に、クライヴはホッとした様子だった。

「ありがとう。助かる」

顔を綻ばせるクライヴは見ているだけで心臓をどきどきさせる。

(本当にこれでよかったの？)

オルガの時と同じ過ちを繰り返そうとしているのではないのか。

当時、父を亡くしたばかりのアリーナは、行く当てが無いオルガをこの家に招き入れた。一人で居ることが寂しかったから、誰でもいいから側に居て欲しかった。今思えば、オルガが父と似た年代だったことも、気を許した理由の一つなのだろう。わずかではあったが、同じ時間を過ごすことで、アリーナはあの男に懐柔《かいじゅう》された。穏やかで丁寧な口調もとても耳触りのよいものだった。すべてが偽りであることにも気づかないで、あの男をいい人だと思い込んでしまった。

——だから、今度は慎重にならなくちゃいけないの。

それなのに、クライヴはなんて魅力的なのだろう。煌めきが眩《まぶ》しくて、つい目をそらした。

「アリーナはどこか悪いのか？」

「……どうして？」

「あの村に入ろうとした時、具合が悪くなったじゃないか。それとも、あれはこっちの問題なのか？」

クライヴは親指で自分の胸元を指さした。

「これも何かの縁だ。話くらい聞くぞ」

アリーナは首を少し右に傾げて、おかしなことを言い出したクライヴをじっと見た。

ややあって、小さく息を吐き出す。

「……向こうの扉の奥に使っていないベッドがあるわ。父のだから大きさも足りるはずよ。あとでシーツを持って行く。食事は朝と夜の二回だけど、足りなければお昼も作るわ」

「君に合わせる。それで、普段は何をしているんだ」

「家畜と畑の世話よ。でも、あなたに強制するつもりはないわ。船が来るまで好きに過ごして」

要するに、アリーナの生活にかかわってくるなと言っているのだ。

クライヴはお手上げだと言わんばかりに肩をすくめた。

「すっかり警戒されているけど、とにかくよろしくな。アリーナ」

アリーナの方へ歩み寄り、手を差し出す。
アリーナは差し出された手とクライヴの顔を交互に見る。
どうしてこんなに綺麗に笑えるのだろう。
親愛すら感じられる気配にどうしていいか分からなくなる。
「……わ、私。やることがあるから」
うわずった声で言い捨て、アリーナは寝室へと逃げた。
クライヴは握り返されなかった手を見遣り、「小動物だな……」と苦笑いを浮かべた。

第二章　恋の芽生え

同居生活、二日目。

アリーナが朝のひと仕事を終えた頃、クライヴは父の部屋から出てきた。

「おはよう、アリーナ」

アリーナに気づくと、眠そうな顔のまま言った。

「――お、おはよう」

久しぶりに交わす朝の挨拶《あいさつ》に内心狼狽《うろた》えた。クライヴは、家の中にいる動物たちにも「よぉ、おはよう」と声をかけている。

この家には、たくさんの動物たちが自由に出入りしている。この時間帯は、彼らの専用の容器に入れた果物を食べにやって来ていた。チラリと新参者《クライヴ》に視線をやり、何事もなかったようにアリーナが用意した食事に戻るものも居れば、あからさまに後ろへ飛び退くものも居た。

まだまだ不審者同然の扱いにも臆することなく、クライヴはテーブルに着いた。

「朝は卵とパンなの。サラダもあるけど」

「あ～……、任せる。昨日食べたあのケーキをつけてくれると嬉しい」

「いいけど、――好きなの？」

あのケーキは砂糖の量を間違えて、かなり甘く焼き上がってしまった。甘いものは好きだが、さすがにあれを一人で食べるのは苦労しそうだと思っていたものを所望《しょもう》するあたり、もしかしてクライヴは甘党なのだろうか。

「あぁ、好きだ。というより、朝は糖分を摂《と》らないと体が起きてこないんだよ」

そのわりには、少しも余分なものがついていないのだから羨ましい。

要望どおり、アリーナは棚にしまっておいたケーキを切り分けた。朝絞ったミルクと一緒にテーブルに並べると、クライヴが目を輝かせた。

「美味《おい》しそうだ。いただこう」

呟くなり、早速フォークを持ってそれらを食べ始める。昨夜も思ったのだが、クライヴのテーブルマナーはとても綺麗だ。

「何だ？」

じっと見過ぎていたのだろう。アリーナは慌てて首を横に振った。

「何でもない。それじゃ、私は行くから」

「あぁ、ありがとう」

軽く手を上げたクライヴの爽やかな笑顔に見送られながら、アリーナは畑仕事の続きに戻った。

太陽が頭の真上に来る少し前になると、クライヴがふらりと家から出て来た。

(どこへ行くのかしら?)

ちょうど、アリーナが今居る畑は茂みの陰になっていて、向こう側からは見えない。

流れる汗を手の甲で拭《ぬぐ》いながら、クライヴの姿が見えなくなるまで見送った。

気にはなったが、呼び止める理由も、行き先を尋ねる理由もアリーナにはない。どこへ行ったとしても彼が戻る場所は今のところこの家しかない。もし、帰ってこなければ違う住み処を見つけたか、仲間が彼を助けに来たということだ。

(どちらにしろ、早く出て行ってくれるに越したことはないわ)

久しぶりの人との暮らしは、妙に心をざわめかせる。

しかし、アリーナの期待もむなしく、夕方になるとクライヴは戻ってきた。

「お、おかえりなさい」

落胆を隠しながら声をかけると、クライヴがビクッと肩を震わせた。

理由はすぐに分かった。彼の目の縁が赤くなっていたのだ。

「……ただいま」

動揺を悟《さと》られまいとする様子に、アリーナの方がどうしていいか分からなくなった。

いそいそと父の寝室に引き籠もった後ろ姿に、何とも言いがたい奇妙な気分になる。

(彼、泣いていたんだわ。でも、どうして……)

自分には関係の無いことだと分かっていても、見てしまった以上、無かったことにはできなくなった。

もしかして船が難破した話は本当で、出かけたのも寂しさを吐き出す場所を求めて島を歩きたかったからなのかもしれない。

そう思えば、あからさまに彼を警戒したことに後ろめたさを覚えた。

心が弱っている人に自分はなんてひどい態度をとってしまったのだろう。

慌てて父の部屋の前に立つも、彼に会って何と言うつもりなのだ。

(あなたを疑ってごめんなさいとでも言うの？)

そんなことをすれば、疑った理由を問われるだろう。島で起こったことも話さなければいけなくなる。扉を叩こうとした手をゆるゆると下げ、息を一つ吐いた。

そっとしておくしかないか。

諦め、また夕食作りに戻った。鍋からシチューの匂いが漂い出すと、のそりとクライヴが顔を出した。

「夕飯食べる？」

あれからは泣いてはいなかったのだろう。目の赤みが取れていた。

(よかった)

クライヴはアリーナを見るなり、一瞬だが苦しそうに表情を歪《ゆが》めた。

「あぁ、食べる」

席に着いた彼の前にできあがったばかりのシチューを出す。付け合わせはマッシュポテトにたっぷりとチーズをかけて焼いたもの。パンとサラダも添えた。すべて並べ終わってからアリーナも席に着いた。

「ありがとう」

クライヴがスプーンを取るのを見てから、自分も食事を始めた。会話の無い夕食はただただ気まずい。

(何か話しかけた方がいいのかしら)

とはいえ、クライヴが喜びそうな話題など、アリーナは知らない。今日とれたイモの話なんて、彼にすればどうでもいいことに決まっている。

(でも……何もできないの？)

チラリとクライヴに視線をやったアリーナは、ぎょっとした。

クライヴがテーブルに片肘を突き、そこに顔を伏せていたからだ。

「ど、どうしたの……？　美味しくなかった……⁇」

違う、と言うように彼が無言で首を横に振った。

「じゃあ、どう……」

言いかけ、慌てて言葉を呑み込んだ。かすかにクライヴの肩が震えているように見えた。

(こんな時、どんな言葉をかければいいの？)

何も思い浮かばないのなら、せめて彼が落ち着くまで側に居よう。

アリーナは向かいの席で嗚咽を殺す彼を見て見ぬ振りをしながら、ゆっくりと時間を掛けてその日の夕食を食べた。

クライヴは次の日も、その次の日も外へ出かけていった。

いったい、この島のどこに連日出かけるほどの見所があるのか。不思議に思っていたが、やはりそれを口に出すことはしなかった。

「おはよう」

「おかえりなさい」

「おやすみ」

交わす挨拶も、幾分か滑《なめ》らかに言えるようになった。一週間もすると、共通の話題もできた。と言っても、たいてい話題を振ってくるのはクライヴで、おかげで食事の時間のいたたまれなさも随分と和らいだ。

「島を流れる大きな川があるだろ。あそこを渡った向こう側の浜辺はどうしてあんなに白いんだ？」

「砂の形を見た？　あれはとても小さな貝殻《かいがら》が堆積《たいせき》してできているの。よく探せば七色に見える貝殻もあるのよ」

「へぇ、珍しいな。どんな形をしてるんだ」

「えっとね」

アリーナはその貝の形状を手で表現しながら説明した。

彼はあそこの海まで行っているのか。

クライヴが悲嘆に暮れていたのは、あの一度きり。それからは出会った時の陽気な彼に戻った。いや、そう見えるように振る舞っているのだろうか。

島のどこかしらで作業をしていれば、クライヴの姿を見かけた。彼はよく海を眺めていた。

船には仲間も同乗していたはずだ。そういえば、他の者たちはどうしたのだろう。島に流れ着いたのがクライヴ一人だという事実から考えれば、船から投げ出されたのが彼だけだったのか。それとも——。

最悪の結末を思い浮かべて、心が痛んだ。

海を見ているのは、仲間の安否を気にかけているからだろうか。

(辛くないはずがないわ)

彼がブラドを狙う者だという確証はどこにもない。オルガと同じ状況で現れたから、アリーナが勝手にそう決めつけただけだ。

向かいの席で食事をとるクライヴを、見るともなく眺めた。

心を許した者を失う辛さも、ひとりぼっちの寂しさもアリーナはよく知っていた。クライヴの場合、島に一人きりではないけれど、アリーナに歓迎されていないのなら孤独なのも同然だ。

(……ごめんなさい)

今の陽気さからは想像もできない寂しげな後ろ姿を思い出して、辛辣だった彼への態度を反省した。

(私にできることは――)

そっとしておくのが最善だと思っていたけれど、これ以上彼の寂しさを増やしたくなかった。

(うん。決めたわ)


次の日の朝。

朝食の準備をあらかた終えたアリーナは、クライヴの部屋の前で大きく息を吸った。

――よし。

「起きて！　いつまで寝ているの？」

勢いよく扉を開け、まだベッドの住人になっているクライヴを揺さぶった。

「――え……、何……？」

無理矢理起こされた彼は、半分寝ぼけ眼《まなこ》だ。眩しそうに目を細め、かろうじて返事をする。

「起ーきーて。朝よ！　仕事を手伝って欲しいの！」

「仕事……？　好きにしていいって言ったはずじゃ……」

「つべこべ言わない。ほら、ご飯食べて――……きゃあ!!」

掛布をはぎ取った直後、目にした光景にアリーナは悲鳴を上げた。

「な、な……何で何も着てないのっ!?」

現れたのは彫刻のように均整のとれた裸体だった。広い背中から形のいい臀部《でんぶ》、そして恐ろしく長い下肢。ほどよくついた筋肉が描く見事な肉体美に目を白黒させていると、億劫そうにクライヴがアリーナの方へと寝返りを打った。

「きゃあ！」

思わず、はぎ取った掛布を投げつける。

「ふ、服くらい着てよっ！」

「ぅ……ぷ。何だよ、朝から騒々しい……」

ようやく頭も覚醒してきたのか、いつもの口調に戻ったクライヴが目を開けた。

「おはよう、アリーナ」

「おはようじゃないわ。どうして服を着ていないのかと聞いているのっ。さ、寒くないの!?」

「エクセリールに比べたら何てことない。それに、何も着ない方が解放感があって気持ちいいんだ。アリーナもしてみろよ」

「し、しないわっ。それに、何でエクセリール国が出てくるのよ。あなたマーディ国から来たんでしょ?」

揚げ足をとれば、クライヴがきょとんと呆けた。

「――そんなこと言ったか? まだ寝ぼけてるんだな」

そう言って、のそりと起き上がると「びっくりした?」と柔らかい微笑を浮かべた。

朝日を浴びながら立てた片膝に顔をのせる様は、一枚の絵画になるほど美しい。

女性には無い逞しさと滑らかそうな肌を惜しげもなく晒《さら》すクライヴに、心がうるさいほどときめいていた。

父の裸を見ても何も感じなかったのに、どうしてクライヴにはこんなにも動揺しているのだろう。

直視していられなくなったアリーナは、とうとう俯いてしまった。

「それで、何だっけ? あぁ、仕事を手伝って欲しいんだっけ?」

声も出せず、こくこくと頷く。

「ふぅん、……まぁ、いいよ」

快諾《かいだく》とは言わないが、願いを聞いてくれたことに内心ホッとした。もし嫌がったとしても、強引にでも連れ出すと決めていたのだ。

だが、一向に動こうとしない様子に恐る恐る顔を上げる。目が合うと、申し訳なさそうに彼がはにかんだ。

「出て行ってくれないと着替えられないんだけど。それとも、見てく?」

早速掛布を捲ろうとする仕草を見て、慌てて寝室を飛び出した。勢いよく背中で扉を閉めた途端、クライヴの大笑いが聞こえた。

（もぅ、馬鹿にして!!）

しかし、むくれる気持ちの片隅で、彼の笑い声を聞けたことに安堵もしていた。

これなら大丈夫かもしれない。まだ彼の心は完全に孤独に取り込まれてはいないのだ。

彼の元気を取り戻させるための方法は、自分の経験した中ではこれしかない。

今はがむしゃらに打ち込めるものがあった方がいい。考える時間があると、それだけ気持ちが沈んでしまうからだ。

「よかった」

呟き、アリーナは朝食の仕上げに取りかかった。

朝食の後、「それで、俺は何をすればいいんだ?」と畑の前で立ち尽くすクライヴに、アリーナはすかさず空《から》の籠と鍬《くわ》を渡した。

「はい、これいっぱいにおイモを掘って」

そう言ってアリーナが指さしたのは枯れた葉が並ぶ畝《うね》の列だ。

「――嘘だろ?」

「本当よ。もしかしてイモ掘りはしたことが無い？　土の中に埋まってるのを掘り起こしながら収穫するのよ。暑くなる前に終わらないと午後からの作業ができなくなるから、急ぎましょうね」

「ちょ、ちょっと待て。午後からって、これだけじゃないのか!?」

「そうよ。今日は山へ薪《まき》を集めに行こうと思うの。ついでに木の実も採れるといいわね。今はイチジクがなってるわ。たくさん採れたらジャムを作ってあげる」

食べ物で釣られるとは思わないけれど、最初なのだから、ご褒美が無ければやる気も湧かないだろう。

彼が甘党なのを知っての提案だったが、果たして引き受けてくれるだろうか。

クライヴを見上げれば、案の定、呆然としていた。

(ふざけるな、と怒るかしら?)

クライヴの出方を窺っていると、「よし、やろう」と前向きな返事があった。

「本当に?」

「任せておけ、明日の仕事が無くなるほど掘ってやる」

いや、そこまでしてくれとは言っていない。

言うやいなや、クライヴは早速畑に入り、勢いよく鍬を持ち上げた。

「て、丁寧に扱ってね！　鍬でおイモを傷つけないよう……」

「あぁっ!!」

言っているそばから、クライヴの悲鳴がした。

「悪い」

持ち上げた鍬の先には、イモが刺さっていた。

そんな失敗を何度か繰り返しながらも、午前中の間に収穫を終えることができた。疲れているだろう彼のために軽食を作り、一休みしてから今度は二人で山へ向かった。薪になりそうな木を拾い集めながら、イチジクも収穫していく。クライヴはその場でいくつか頬ばっていた。

「こんな細い枝切れを集めるくらいなら、薪割りをした方が効率的なんじゃないのか？」

「そうだけど、私じゃ薪割りはできないから」

父が亡くなり、村の人たちも居なくなった今、アリーナ一人では適当な木を切り倒し、薪にすることはできない。だからこうして、こまめに薪を集めるしかないのだ。

薪を拾い上げながら何気なく後ろを歩くクライヴを見ると、物言いたげな様子だった。

「何？」

体を起こし背負った籠の中に木の枝を入れる。

「次からは薪割りは俺がする。斧《おの》はまだあるんだろ？」

「え？　ええ、納屋《なや》を探せばあるはずだけど。できるの？」

「いったい俺を何だと思ってるんだ。それくらい、できるさ」

そう言って、アリーナが背負っている籠を取り上げると、中身を自分の籠に全部移し替えた。

「力仕事は男の役目と決まってるものだろ。その代わりアリーナはこっちだ」

渡されたのは、彼が持っていた手提げの籠だ。中には摘み取ったばかりのイチジクが入っている。

その姿を見たクライヴが「おとぎ話に出てきそうだな」と笑った。

「悪い狼に騙されないよう気をつけて、可愛いお嬢さん」

おどけた口調がおかしかった。

「えぇ、気をつけるわ」

クスクスと笑いながら頷くと、クライヴは満足そうに言った。

「一度家に戻ろう。その後で、俺が薪にできそうな木を切ってくるよ」

「……いいの？」

「当然。その代わり、夕食は目一杯食べるからな」

期待してる、と言われ、久しぶりに夕食作りに気合いが入った。


クライヴが薪を作りに行っている間に、アリーナは夕食の準備をしていた。イチジクのコンポートを作り、それでも余ったものはジャムにした。

潰《つぶ》したイモと下味をつけた野菜を混ぜ合わせ生地を敷いた皿の上に乗せて、チーズを散らしてからオーブンで焼き上げる。その他にも数種類の料理を作った。そこへ、見計らったように汗だくになったクライヴが戻ってきた。

「おかえりなさい」

「ただいま、薪はとりあえず納屋に入れてある。どこに保管するかは明日にでも教えてくれ」

もうすぐ冬だというのに、クライヴは「暑い、暑い」と言いながら汗を流しに浴室へ直行した。さっぱりした様子で戻ってくると、「――肉だ」とテーブルに並んだ料理を見て呟いた。

彼がこの家で食事をするようになって、初めて並んだ肉料理に目を輝かせている。

「――今日はたくさん働いてもらったから。たくさん食べて」

父との食事を思い出して作ったメニューだ。生肉は無いけれど、代わりに保管庫にあったベーコンとウインナーを使ってみた。漂う独特の香《かぐわ》しさに、ぐぅ…とクライヴの腹が空腹を訴えた。

「それじゃ、いただきましょう」

二人でテーブルに着き、早速それらを取り分けた。

「アリーナの分は？」

彼の皿にしか盛らなかったウインナーを見て、クライヴが言った。

「私はいいの。あなただけで食べて」

「何で？　嫌いなのか？」

アリーナは少し逡巡したのち、頷いた。本当は食べられなくなったのだが、その原因も含め彼に言うつもりは無かった。

「でも、あなたが食べたいと言うのなら、これからはテーブルに並べるわ」

「それはありがたいけど。でも、肉も食べないと体が持たないだろ」

「平気よ。今までだってそうだったんだもの」

クライヴは何か言いたげな様子だったが、それもウインナーを一口頬ばった後では綺麗さっぱり消えていた。

「美味い！　これでワインがあったら最高だよな」

「あるけど？」

「本当か!?」

「料理用のでよければ。待ってて」

立ち上がり、台所から使いさしのワインとコップを持って来た。その時のクライヴの目の輝きといったらない。

手渡したコップにワインを注ぐ間のクライヴは、「待て」をさせられている獣そのものだった。きっと尻尾があったなら、ぶんぶんと激しく揺れているだろう。

「アリーナも一口くらい飲めるだろ」

「……それじゃ、一口だけ」

父もよく夕食にワインを飲んでいた。アリーナも大人になったら飲んでみたいと思っていたまま、その機会を失ったのだ。

「乾杯」

ワインの入ったコップをかかげ、今日の労をねぎらった。

クライヴはこれまでにないほどよく食べ、よく飲んだ。思いがけない大食漢《たいしょくかん》ぶりを発揮され、並べた料理はどんどん彼のお腹の中に収まっていく。

比例するように、クライヴの顔も赤くなっていた。

「山に入ったら、やたらと足の速い鳥が居て。でも、追いかけても羽ばたきもしないんだ」

飲んだら今まで以上に明るくなるらしく、さっきから同じ話を何度も繰り返している。

クライヴも父同様、陽気なお酒のようだ。

山に入り慣れているアリーナにはさほど珍しい話題でも無い。それでも、嬉しそうに話すクライヴを見ているのは楽しかった。

（悪い人じゃないのかな……）

彼の印象がまた一つ、変わった。

☆★☆

クライヴに仕事を手伝ってもらうようになって数日が過ぎた。

「アリーナ、この文字の読み方を教えてくれないか？」

夕食の少し前、クライヴが一冊の本を手にやって来た。それは、父の部屋に置いてあったシレイニ島の言葉で書かれた書籍だ。図鑑のようなもので、島に生息する生き物のことならあらかたこれに書かれている。シレイニ島に住んでいた者たちの多くは、普段は公用語として教えられた言語を使っていたが、儀式や祭りを行う時にはシレイニ語が使われていた。

「それはかまわないけど、……でも、あなたには少し難しいんじゃない？　始めはもっと読みやすいものから試してみたら？　ちょっと待ってて」

食事を作る手を止め、アリーナは自分の寝室へ〝あるもの〟を取りに行った。

「はい、これ」

表紙に人魚の可愛らしい絵が描かれてある、シレイニ語の絵本だ。

人魚が、海へ投げ出された王子を助けたことから始まる切ない物語は、とても有名だとローザが言っていた。これは、それを模写《もしゃ》したものだ。

「多分、あなたも知っている話だと思うわ」

まさか、こんな場面で役立つとは思わなかった。もうたくさん読み返しすぎて、頁の端がよれてしまったが、文字を勉強するならこれくらいの分量のもので十分だろう。

「手作り？　もしかして君が絵を描いたのか？」

目を丸くするクライヴに、アリーナは内心しまったと慌てた。

「こ、これは、ローザが作ってくれたの。絵がとても上手で本を読むことが好きで、いろんな国のたくさんのお話を聞かせてくれたわ」

「ローザ？」

恥ずかしくて、つい自分が作ったものを他人が作ったかのように言ってしまったが、そのせいで口から滑り落ちた名前にクライヴが興味を抱いてしまった。

「と、とにかく！　これならきっと読めるわ。文字の読み方を書いた一覧表は食事の後で作ってあげる。それまでは中身を見ておいてっ」

「あ、おい！」

強引に絵本をクライヴに押しつけ、夕飯の支度《したく》に戻った。

何か言いたげな視線が背中に伝わってくるが、クライヴは言われたとおり、夕食ができるまでおとなしく渡された本を捲っていた。


その夜から、食事の後はクライヴにシレイニ島の言葉を教えるのが日課となった。

片付けを終えたテーブルを挟んで向かい合い、手書きの一覧表と絵本を見比べながら、クライヴが文章を読み解いていく。分からない単語はそのつど、アリーナが読み聞かせては教えた。

勉強の合間には、クライヴがアリーナが行ったことのない国の話を聞かせてくれた。彼の話はどれも面白く、キラキラと輝いていた。

打ち解けすぎないよう気をつけているものの、何年かぶりに人とする会話は楽しい。特に、彼が語る貴族の話はアリーナの興味を存分にかき立ててくれた。

「ねぇ、あなたは王子様って見たことある？　本当におとぎ話に出てくるようなお城に住んでいて、毎晩豪華な晩餐会を開いていたりするの？」

「毎晩はないけど、まぁそうだな」

「あなたはそこに行ったことがあるのね!?」

アリーナの勢いに押されてクライヴが若干、体を引いた。

「王宮ってどんな感じなの？　お姫様は素敵なドレスを着て、王子様とダンスを踊るのよね？　楽団が演奏する音楽が舞踏会の広間に響き渡って、大勢の招待客の真ん中で王子様との踊るの。あぁ、素敵ね……。私も見てみたいわ」

膨《ふく》らむ妄想の世界に浸れば、ククッと忍び笑いをする声がした。

「やっぱり女の子だな。だったら、その時のためにダンスくらいできるようにならないとな」

言うなり、クライヴがアリーナの手を引いて立ち上がった。

「きゃっ」

「手はここ。反対の手はこっち。音楽は……ないけど、気にしない」

力強いリードで体が傾いだ。

「や……だ、待って！　足が、私踊れないのよっ」

いく。

「大丈夫。俺に合わせて」

耳元で囁かれた声にどきりと心臓が高鳴った。クライヴはゆっくりと風に揺られるようにくるくると踊り出した。初めはこわごわだったアリーナも、徐々に体の強ばりを抜いていく。

「ふ……ふふっ」

自然と笑みがこみ上げてきた。

豪華な広間も楽団も無い。観客もいないし、素敵なドレスも纏っていないけれど、アリーナの耳には確かに音楽が聞こえていた。

軽やかで優雅な旋律が、アリーナたちを包む。

不思議だ。体を寄せて踊っていると、心まで通じ合える気がしてくる。

クライヴが柔らかく微笑んだ。つられてアリーナも笑った。

自然と同じタイミングで二人の足が止まる。それから、また顔を見合わせ笑い合った。

クライヴが王子様気取りで握っていた手の甲にキスをして「もう一曲お相手願えますか、アリーナ姫」と言った。

「もちろんですわ、王子様」

スカートを少し持ち上げ、そして今度は二人揃って大笑いをした。

「すごいわ、本物の王子様みたい！」

「アリーナこそ、立派なお姫様だったじゃないか。初めてにしてはダンスも上出来だ」

「嘘、まったく踊れてなかったわ。あなたに振り回されていただけだもの」

でも、すごく楽しかった。

「シレイニ島の外には、私の知らないことがたくさんあるのね」

ひとしきり笑った後、アリーナはぽつりと呟いた。

「シレイニ島。それが、この島の名前なのか」

「あ……、うん」

まだ島の名前すらクライヴに教えてなかったことに、今更ながら気まずさを覚えた。

「……ごめんなさい」

「いいよ。少しは俺のこと信用してくれたってことだろ？」

沈みかけた心は、気にしてないと笑うクライヴの笑顔に救われた。

（私は彼を信じたのかしら……）

すぐに答えが出ないのは、まだ自分の気持ちが見えてこないからだ。

でも、家に人の存在がある。そのことがこんなにも嬉しいだなんて知らなかった。

アリーナは今、オルガを家に招き入れた時とは違う心地よさを感じていた。

それもこれも、きっとクライヴの陽気な雰囲気のせいだ。

半ば無理矢理アリーナの日常に引き込んでしまったが、彼は嫌な顔ひとつすることもなく、むしろこの状況を楽しんでいるようにも見えた。前向きなのも強がりだけではなく、彼の性格なのだろう。クライヴは滅多に弱音を吐かないし、何をするにも必ず良い面を見つけては、楽しいことに変えてしまう。だから、山での薪拾いも、魚釣りも、畑を耕《たがや》すことともとても楽しそうだった。生き生きとした姿は活力に満ちていて、励《はげ》ましているはずのアリーナが励まされている気分になった。

何も無い場所なのに、興味津々の顔をするクライヴは探険に胸を膨らませる子供みたいだ。彼が居るだけで、世界が楽しいものへと変わっていく。

悲しみに溢れたこの場所に吹き込む爽やかな風のようなすがすがしさと、春の陽気のような心地よい高揚感があった。

（悪い人じゃないのよね……？）

この思いが今度こそ思い込みでなければいい。

クライヴはたとえるなら人慣れした獣だ。警戒心を持たない分、するりとアリーナの側に寄ってくる。

最初こそ彼の陽気さを胡散臭く感じたけれど、今は一緒にいて楽しい。

好奇心旺盛で、何にでも興味を持ちはしゃぐ。大人なのだから、もう少し落ち着きがあってもいいのではと思うけれど、それも彼の良いところなのだろう。

（彼はマーディ国でどんなことをしていたのかしら？）

少しだけ、クライヴのことが知りたくなった。

☆★☆

その日は、クライヴと一緒にロバに水浴びをさせに川へ行った。

「ねぇ、あなたっていくつなの？」

川辺に腰を下ろしたアリーナは、ロバの体を洗うクライヴに向かって尋ねた。

「ようやく俺に興味が出てきたか」

無邪気な声と裏腹な蠱惑《こわく》的な眼差しでクライヴが見つめてくる。

青い目が魅せる色香に心臓が跳《は》ねる。狼狽えながら、赤くなる顔を隠した。

「べ、別にそういうわけじゃないわ。ただちょっと気になっただけ」

「ふぅん」

何かを期待しているような表情が、アリーナの気持ちなんてお見通しだと言っているみたいだ。

クライヴのことが知りたいと思っているのに、口は勝手にそっけない言葉を紡いでいる。

(変なの……)

自分の心が分からないなんて、初めてだ。

「二十八。アリーナは？」

「十五。今年の冬で十六になるの」

一瞬、クライヴがほんの少しだけ痛ましそうな顔をした気がした。

「アリーナは毎日、この生活をしていて辛くなったりしないのか？」

もしかして、いよいよ島での生活に飽きたのだろうか。

不安が顔に出ていたのだろう。クライヴが「なんて顔してるんだ」と笑った。

「働き者だと感心してるだけだ。誰も見てないのなら、手を抜いたってかまわないわけだろ？　でも、君は朝から晩まで働きどおしじゃないか」

アリーナの一日は朝日が昇ると同時に始まる。厩舎の掃除の後、動物たちの食事の世話をする。そのおかげなのか、彼らは畑を荒らすことはしない。動物たちが美味しそうに食べるのを横目で見ながらアリーナも朝食をとって畑に出る。午後からは魚を捕りに行くこともあれば、山へ薪に使えそうな木を集めに行くこともある。

それが、クライヴが来るまでのアリーナの日常だった。そして、今ではクライヴの日常でもあった。

自分を働き者だなんて思ったことは一度もないし、手を抜こうなど考えたこともなかった。どちらかと言えば、クライヴに手伝ってもらうようになった今の方が、手を抜いている気がする。

「だって、忙しいと生きているんだって思えるでしょう？」

そう言うと、クライヴは何とも言いがたい表情をした。寂しそうで、それでいてアリーナへの慈しみが滲んで見えた。

「アリーナはちゃんと自分の足で立って生きてるよ」

思いがけない言葉に、びっくりしてクライヴを見つめれば「そうだろ？」と問われた。

「アリーナは将来の夢はあるのか？」

「夢？」

「そう。何でもいい、素敵な王子様と結婚したい、でもいいし、おとぎ話のような舞踏会に出たい、でも立派な夢だ。いつか行ってみたいんだよな？」

「あれはっ、――そういうのじゃないわ」

慌てて否定しても、クライヴはまったく信じていなかった。

「そのわりには目を輝かせていたじゃないか。あれは夢を語る者の目だったぞ」

「ゆ、夢だなんて」

アリーナは煌めく川の水面《みなも》を見つめた。

興奮したとはいえ、罪を背負った身で将来への希望を語ったことに後悔した。

「絵本はもう描かないのか？」

「――やっぱり、気づいてたのね」

「そりゃ、君が作ってくれた一覧表と絵本の文字が同じだったら気づくだろう。好きなんだろ？　どうして今は描いてないんだ」

彼が島に来て半月が過ぎた。ほとんどの時間を彼と過ごしているのだ。アリーナが絵本を作っていないことを彼が知っていても不思議ではない。

いつか自分の作った物語で絵本を描きたい。

まだ幸せに包まれていた頃は、そんな夢を抱いていた。けれど、それはもう叶わない。

「そういうあなたはどうなの？　まさか、一生この島で暮らすのが夢だなんて言わないでよ」

「言ったら、ここに置いてくれるか？」

「あなたが農夫か開拓民だと言うのなら、考えてもいいわ」

わざとおどけた口調で言った。

鍬で大地を耕すよりも、騎士や貴族だと言われた方がよほど納得がいく。クライヴには独特な高潔さがあった。

「実は海賊なんだ」

それこそらしくない正体にすぐに嘘だと気づく。

「船から落ちるような間抜けな海賊が居るの？」

「じゃあ、エクセリール国の王子だと言ったら？」

突拍子もない告白に、アリーナは一瞬目が点になった。穴が開くほどクライヴを凝視した後、ぷっと吹き出してしまう。

「わ、私だってエクセリール国の王族が緋色の髪をしていることくらい知ってるわ。あなたの髪は茶色じゃない」

いくら孤島暮らしで外の世界を知らないと思われていても、あまりにも馬鹿にしすぎだ。

第一、王子がどうして孤島にまでやって来るのか。あまりにも見え透いた冗談に笑いが止まらない。笑いすぎて涙まで出てきた。

「もし、俺が緋色の髪をしていたらどうする?」

「どうするって、何が?」

目尻に溜まった涙を拭いながらクライヴを見遣る。

真剣な眼差しに、ぴたりと笑いが止まった。アリーナの返答を待つその目には期待がこめられていた。

「王子様は嫌い?」

美麗な微笑が心臓を打ち抜く。

みるみる真っ赤になっていくアリーナに、クライヴは追撃をかけてくる。

「俺は君が好きだよ」

いたずらっぽい光を宿した青い目を直視していられなくて、勢いよく顔を伏せた。

(いきなり何を言うのっ)

「う、嘘ばっかり!」

「何だ、これも信じないのか」

「当然よ! からかわないで。そ…、そんな意地悪な人には夕飯つくってあげないんだから!」

冗談にしても質《たち》が悪すぎる。

(クライヴが私のこと好き……? そんなことあるわけないわ)

彼が島に来てまだ半月しか経っていないのに、そんな短期間で誰かを好きになることがあるだろうか。

答えを探すように、クライヴを見つめた。風になびく茶色の髪が光を帯びて赤みがかって見える。緋色みたいに燃えるような赤だ。

心と対峙しかけて、アリーナはハッと考えるのをやめた。

それを知ってどうなるというのだろう。彼は次の船でマーディ国へ戻ってしまう人だ。

だから、今の告白もアリーナの反応を見て面白がっているだけに決まっている。

まだ赤いままの頬を膨らませながら睨みつければ、クライヴはひょいと肩をすくめた。

飄々とした態度がますます告白から真実みを削《そ》いでいく。

(やっぱりからかったのね)

不誠実な言動にむっとするも、すっかり元気を取り戻した姿に安堵もしていた。

これなら安心して運搬船に送り出せる。

睨んでいた視線を和らげると、口元も緩んだ。

「――よかった」

「よかったって、何が？」

「あなたが冗談を言えるくらい元気になってくれたから」

すると、クライヴが呆気にとられた顔をした。

「島に来てからしばらくは、ずっと元気がなかったでしょう？　あなた、いつも寂しそうに海ばかり見ていたわ。これでも、一応心配していたのよ」

「気に掛けてくれていたのか？」

あんなふうに寂しげな背中をする人を、どうしても放っておくことなどできなかった。彼を色眼鏡で見るのを止めようと思い直したのもあの頃からだ。

「本当によかったわ」

心からの呟きに、クライヴがぎゅっと眉間に皺を寄せた。それまでの人好きする笑顔が消え、渋面が現れる。

「……あの時はまだ、君にとっての俺は得体の知れない男だったはずだろ？　そんな奴のことまで気に掛けるなんて、どこまでお人好しなんだよ。そんなのだから……ッ」

びっくりして彼を見つめ返せば、苦々しそうに目をそむけられた。

「俺が君を騙しているかもしれないとは思わなかったのか？」

いつもの軽口とは違う、心まで届く声音。だからこそ、彼の本音だと感じた。

アリーナはじっと彼を見つめてから、小さく息を吐いた。

「あなたは悪い人じゃないと思う。……本当に非道な男は仮面を被っているみたいにどんな時でも同じ表情だった」

「まるでそういうやつを見てきたような口ぶりだな」

彼は本物の悪党を見たことがないのだろうか。

曖昧に笑うと、それきり会話も途切れた。

クライヴの目のような青く澄み渡る空。ついこの間までは入道雲があった空も、今は小さな雲の塊が列をなしている。幾分高くなった空を見るともなく眺めていると、不意にクライヴが薄く笑った。

「おとぎ話の世界が存在するなら、こんな感じなのかな」

ロバを洗う手を止め、同じ空を見上げてそう呟いたクライヴに首を傾げた。

「肉体労働ばかりさせられているのに？」

「――そうだった。明日は干し草を刈《か》るんだった……」

思い出した重労働に、クライヴはこれ見よがしにぐったりとうなだれた。が、ちらりとこちらを見た目が本気では嫌がっていないことを伝えてくる。

「まぁ……」

いったいどこまでが冗談なのか。彼と話していると自然と笑みが零れてしまう。

「それに、おとぎ話の主人公は女の子と決まっているのよ。そこで素敵な王子様と出会って、恋をするの」

ローザには子供っぽいと笑われたが、アリーナの好きな本は素敵な王子様が出てくる話ばかりだった。

その中でも特に好きな話がある。物語の中の王子様が、綺麗な石を繋げたネックレスを少女にプレゼントする話だ。七色に光るそれは、悪い魔女によって森の奥へと追いやられた少女を無事に王子様のもとに導いてくれるのだ。なぜなら、石は王子様の恋心の欠片だったから。

もちろん、現実では心の一部を石に変えることなんてできないけれど、七色に光る恋心なんて素敵じゃないか。

海の向こうには本物の王子様が居ると教えてくれたのも、ローザだった。エクセリール国の王様は緋色の髪をした美しい女王で、その息子である王子もまた緋色の髪と青い目をしているのだと。

（クライヴも青い目をしているけれど、——まさかね）

「どうして主人公は女の子なんだよ。王子であってもいいだろ？　漂流した王子がたどり着いた島で出会った可憐で心優しい少女と恋をする。でも、そこは悪魔が支配する恐ろしい場所で、少女は囚われの身だった。な？　おとぎ話みたいだろ」

青い目が甘く煌めいた。

多少の違いはあるけれど、クライヴのたとえ話は彼の現状そのままではないか。まるでアリーナと恋をすると言わんばかりの表情に戸惑った。

だが、ここはおとぎの国ではない。悲しみに囚われた場所だ。

クライヴが悪者でないのなら、オルガに彼の存在を気づかれる前に、島から出してあげなければ。彼なら上手い理由をつけて運搬船に乗り込んでくれるだろう。

「私は……そんなのじゃないわ。買いかぶりすぎよ」

「おとぎ話は好きなのに、自分のこととなると尻込みするんだな。アリーナは可愛いよ。一生懸命で純粋で、俺にも優しい。ころころと変わる表情は見ているだけで元気になれる。

いつか君が作るおとぎ話を君の声で聞いてみたい。アリーナの紡ぐシレイニ語は心に響くんだ。ずっと聞いていたくなる」

並べ立てられる賛辞は、聞いているだけで恥ずかしくなる。

「王子でなくても好きになるよ」

心に染みる声音に、びくんと体が跳ねた。

彼の言葉を本気にしては駄目だ。なのに、なんて心地よい響きなのだろう。どうしてこんなにも胸がときめくのか。

でも、忘れては駄目。彼は自国へ帰っていく人だ。

「――は、早く船が来るといいわね」

目をそらし続けること。

どれほど心地よくても、アリーナにはその選択肢以外は選べなかった。

☆★☆

クライヴが島に来てそろそろ一か月が経とうとしていた。シレイニ島に季節外れの嵐が到来していた。

朝から空には重たい雲が広がっていて、午後になるにつれひどい雨風へと変わった。

アリーナは一時間前からずっと窓に張り付き、外の様子ばかりを気にしていた。家の中には雨宿りをしにやってきたフィリップがソファで寝息を立てている。

（どこまで出かけたのかしら……）

朝食を食べた後、ふらりと家を出て行ったきりクライヴが戻ってこないのだ。今日は嵐が来るからと言っておいたのに、いったいどこで何をしているのだろう。

ソファには昨日クライヴが読んでいたおとぎ話の絵本が置きっぱなしになっていた。王子の恋心で作った七色のネックレスの話だ。

こんなことなら、今日だけは行き先を尋ねておけばよかった。

だが、今更の後悔に苛まれても状況は変わらない。

「早く帰ってきて」

窓に叩きつける雨が悪い結末ばかりを思い起こさせる。

（もしかして、父さんみたいに倒木の下敷きになって……）

考えた途端、怖気が背筋を這った。居ても立っても居られなくなり、外套を羽織り、家を飛び出したところで、びしょ濡れになったクライヴと鉢合わせした。

「ッ!?　クライヴ!!」

「やぁ、こんな雨の中どこへ行くんだ？　外はひどい嵐だぞ」

いつもの軽口に唖然《あぜん》とするも、涙でみるみる視界がぶれた。

「馬鹿！　心配したんだからっ。どこに行ってたのよっ!!」

思わず手を振り上げて、彼の腕を叩く。が、安堵の気持ちが先立ち、ひどく弱々しいものになった。

「悪い。川が増水してて、渡るのに手間取ったんだ。嵐がひどくなる前に戻ろうと思ってたんだが、——泣くなよ。とにかく入ろう」

みるみる濡れ鼠になっていくのもかまわず、アリーナはその場でわぁっと泣き出した。

（よかった。戻ってきてくれた——）

心の底からホッとすると、次に膨れ上がってきたのは不安からの怒りだった。

「馬鹿ッ、馬鹿!! どれだけ心配したと……、どこかで怪我をして動けなくなったのかと思ったのよ！ 何かあってからじゃ遅いんだからっ!!」

喚きながら泣くアリーナの肩を抱いて、クライヴは家の中へと入った。その後彼は一人でどこかへ行くと、乾いた布を持って来て、アリーナを包む。

「——嵐が来るって言ったじゃない……ッ」

まだ言い足りない不満が口をついて出た。

こんなことを言いたいわけじゃない。なのに、堰《せき》を切って溢れ出た不満が止まらなくなった。

無事でよかった。

それだけだ。本当に言いたかった言葉はそれだけだ。

アリーナ自身も気づかないうちに、クライヴの存在は、涙を流すほど大切で大きなものになってしまっている。

しゃくりを上げながら、手のひらで何度も涙を拭う。

「う……ぅ、うぅ……っ」

「悪かった」

だから、聞きたいのは謝罪では無い。絶対に居なくならないという約束だ。

また、自分の前から大切な人が消えてしまうのかと恐かった。

なぜ大切な人ほど自分を置いていってしまうのだろう。

「ど…どこ行ってたの……?」

嵐の到来を知りながら出かけた理由は何だったのか。もしかしたら、自分の命が危険に晒されるかもしれなかったのだ。ここは彼が暮らし慣れた国では無い。穏やかそうに見えても、ひとたび嵐が来れば途端に命を刈り取らんとする魔物と化すのだ。

涙目のまま見据えるも、クライヴは弱り顔で「ごめん」と謝罪を口にするだけだった。

だから、分かってしまった。

彼はアリーナに言えないことをしてきたのだ、と。

この島でアリーナに秘密にしなければいけないことなど、一つきりしかないように思えた。

(あなたもブラドを探していたの?)

やりきれなさにきゅっと下唇を嚙みしめた。

その直後だった。

「――え」

ふわり、とぬくもりがアリーナを包んだ。抱きしめられていると気づいた時には、クライヴの腕の中だった。

「やっ……、放して！　こんなことでごまかされないんだからっ!!」

むずかり、懸命に体を押し返そうとするも、クライヴはびくともしない。こうして彼の存在を間近で感じるのは、初めて会った時以来だ。想像以上に強靭な体躯が彼を一人の男性として意識させる。

「ごめん、アリーナ。でも、今すごく嬉しいんだ」

喜びを噛みしめるようにクライヴが言った。

「俺のこと、初めて名前で呼んでくれただろ」

「――ッ」

無意識の言動だった。

「不謹慎だと怒ってくれてもいい。だから、もう一度俺の名前を呼んでくれよ」

「こ、こんな時に何言って……っ。私は、お…怒ってるのにっ」

「ごめん。分かってる。――あぁ、アリーナ」

息を吐くように囁いた声に、心臓が高鳴った。

クライヴは魅力的だ。自国ではきっと大勢の女性たちを魅了してきたに違いない。

慣れた仕草が恨めしかった。

なのに、体を包む温かさに反抗する力が溶かされていく。どん、どん…と胸板を叩いていた拳で彼の服を握りしめた。

「ほ……本当に、心配だった…んだから。父さん……みたいに、なったらどうしようって思ったら、こ…恐くて……。それなのに、あなたは……全然関係ないことばかり言って」

心配する身にもなって欲しい。とても気が気ではなかったのだ。

クライヴが抱きしめる腕に力を込めた。

「泣くな、どうしていいか分からなくなる」

深く彼の匂いに包まれると、荒ぶる心がゆっくりと凪《な》いでいく。

「あなたに何かあったら……また一人になっちゃう……。も…誰も死ぬの……見たくないから……っ」

また島で人が死ぬ。

考えただけで背筋が震えた。

「——無事でよかった……」

一人には慣れたつもりだった。

それでも、時々どうしようもなく寂しくなる。孤独を痛感する瞬間があるのだ。

心が寒くて、一人で居ることが寂しくてたまらなくなる。

けれど、自分だけはそれを嘆いてはいけない。島のみんなを殺してしまった罪として、孤独を受け入れなくてはいけないのだと、ずっとそう思って生きてきた。

そんな時、クライヴが現れた。彼の存在にいつの間にかアリーナは安心を覚えてしまった。

一人ではないこと。その事実がどれだけ嬉しいか彼はきっと知らない。

誰かと一緒の食事のありがたさ、誰かの気配を感じられる安堵。この一か月、アリーナは喜びの中にいた。

彼を帰さなければいけないと思う気持ちのどこかでは、もっとこの時間が続けばいいと思っている。

ここがおとぎの国で、アリーナが悪魔に囚われた少女なら、どれほどよかっただろう。王子様は必ず主人公の女の子を救ってくれる。クライヴがアリーナを救ってくれる王子様なら、最後には必ず幸せな結末が待っているのだ。

けれど、アリーナに幸せは来ない。

どうしてこんなにも彼が気になるのだろう。心を寄せても、彼はいずれ居なくなってしまう人なのに。

なぜ彼はアリーナに優しくしてくれるのか。

島にはアリーナしか居ないから、仕方なく親切にしてくれているだけだとしても、アリーナは彼ほど大人ではない。

彼との距離が縮まるほど、心はクライヴへと傾《かし》いでいく。

（好きになっても仕方がないの）

その時、おもむろに指で顎《あご》を持ち上げられた。

近づく唇にアリーナはそっと目を閉じた。

☆★☆

明日の朝、運搬船が来港する。

今日がクライヴと過ごす、最後の日だ。なのに、アリーナの頭の中は一昨日の口づけのことでいっぱいだった。

——どうして口づけたりしたの……？

『アリーナは可愛いよ。一生懸命で純粋で、俺にも優しい。ころころと変わる表情は見ているだけで元気になれる。いつか君が作るおとぎ話を君の声で聞いてみたい。アリーナの紡ぐシレイニ語は心に響くんだ。王子でなくても好きになるよ』

(可愛いって……本当に？)

鏡に映る自分の姿を見つめながら、この場に居ない人へ問いかけた。

視界に飛び込んでくる蜂蜜色と白髪が入り交じった髪。

(変な色……)

それに、なんて痩せっぽちなのだろう。マーディ国には自分など足下にも及ばないくらいの美女が大勢いて、どれほどの人たちがクライヴに恋をしたのだろう。

アリーナは三つ編みにしていた髪を解いた。

背中を覆う長い髪がふわりと広がる。

こんなことをしても付け焼き刃でしかないのに、少しでも彼に可愛く見られたかった。

鏡越しに微笑んでくるもう一人の自分。彼女の手もまた、自分と同じ労働に馴染《なじ》んだ指をしていた。短く切りそろえられた爪は子供みたいだ。指には先日の干し草刈りでついた小さな傷がいくつもあった。

つくづく子供じみている。

いったいこんな自分のどこが可愛いのか、ちっとも分からなかった。

明日からは、またひとりぼっちの生活が始まる。

日常に戻るだけなのに、寂しさが胸に募った。

（もう忘れちゃったわ……）

以前の自分がどんなふうに過ごしていたかなんて思い出せない。クライヴとの暮らしが楽しかったから、いつの間にかそれが日常になってしまっていた。

（それでも帰してあげなくちゃ）

クライヴはまだ帰ってこない。けれど、今日は彼がどこに居るかは分かっている。出かける前に言い残してくれたからだ。

海へと歩いて行けば、クライヴは浜辺に座ってあかね色に染まる水平線を眺めていた。

嵐が過ぎた後の海は凪いでいた。キラキラと水面に輝く光が目に染みる。最後にこんな素晴らしい夕暮れを見せてあげられてよかった。

砂を踏む音に彼が振り返った。そうして柔らかく笑う。

「あぁ、可愛いな」

(よかった)

はにかみ、アリーナも彼の隣に腰を下ろした。

「寒くないか。もっとこっちに来いよ」

そう言って、クライヴがアリーナの腰を引き寄せた。右半分にだけクライヴのぬくもりが感じられる。クライヴはアリーナの髪を撫《な》でながら言った。

「ここで沈む夕日を見ていると、別世界に居るような気分になる。煩わしさから解き放たれた中での暮らしはのどかで、こんなに優しい人が俺を気遣ってくれる。おかげで俺は持病の喘息《ぜんそく》に悩まされることもなく、健康そのものだ」

「そうだったの？」

一昨日の雨にぬれても平気だった彼に、そんな持病があったなんて知らなかった。

「ありがとう」

改まっての感謝が胸を熱くした。

(あぁ、帰ってしまうのね)

期間限定の同居人。彼とアリーナの関係はそれだけでいいと、ずっと思ってきた。だからこそ、余計な詮索《せんさく》はしてこなかった。

けれど、最後だから少しくらいなら尋ねてもかまわないだろうか。

もう二度と会うことのない人だ。

「教えて、あなたは何者なの？」

「エクセリール国第一王子」

目を細めて笑う柔らかい微笑は、真実とも嘘とも判断がつかないくらい上手に彼の心を隠していた。

「でも、ここではただのクライヴだ。肩書きなんて何の役にも立たない」

そう言って、アリーナもろともごろんと浜辺に仰向《あおむ》けに寝転がった。

「きゃっ」

「島の少女は王子様になんて目もくれないんだもんな。寂しいよ」

またこれも冗談なのか。

「だったら教えて。どうして王子様はこの島に来たの？」

「――仲間が託してくれた希望だから」

彼の意図が読めず、目を瞬かせた。

すると、クライヴがやり切れない表情のまま言った。

「俺のせいで死んだんだ」

「――え？」

彼の言葉を波が攫っていく。驚きに目を見張った。上半身を起こして、端整な横顔を凝視する。夕焼けの斜光に照らされた彼は神々しいほど綺麗だからこそ、告げられた物々しい言葉が似合わない。

「――遠い昔、とある国を治める美しい女王がいました」

唐突に始まったおとぎ話にアリーナは呆気にとられた。

「女王の側には常に二人の騎士がいました。片方は優しく頼もしい赤の騎士、もう一人は美しいけれど嫉妬深い黒の騎士。女王は赤の騎士には信頼を、黒の騎士には愛情を示しました。しかし、黒の騎士は女王のすべてが欲しくなり、ついには女王を殺めてしまいます。そして、その罪を赤の騎士に着せると、自らを黒の王だと名乗るようになりました。長い年月が過ぎ、黒の騎士が治める国は荒れ果ててしまいました。――アリーナなら、この続きをどう繋げる？」

少し考え、物語の続きを語った。

「……女王には王子が居ました。黒の騎士への復讐《ふくしゅう》を誓った王子は仲間を集めるために国を飛び出し、何年も旅をしました」

「それから？」

「仲間たちと力を合わせて苦難を切り抜けていった王子は、のちに立派な王となりました。かしら？」

「黒の騎士のことは？　母を殺したんだぞ」

「王となった王子は、黒の騎士に然るべき罰を与えたけれど、命までは取らなかったの」

アリーナが想像した王子はクライヴだ。きっと彼ならそうするだろうと思えた。

でも、どうして急にそんな話を始めたのだろう。

「アリーナは許すことの難しさを知ってて、それを選ぶのか?」

「……」

自分が王子で、黒の騎士がオルガなら、みんなを殺した彼を果たして許せるだろうか。

答えられずにいると、「ごめん、俺が意地悪だった」と言われた。

「それで、君の好きな恋物語はその話ではどこに出てくるんだ? 俺なら、旅の途中で見つけたのは仲間だけでなく最愛の恋人も加えるけどな。たとえば島に住む可憐な少女……」

結局茶化すのか。

呆れ顔を向けると、「仕方ないだろ」と笑われる。

「それくらい王子にとっては大事な存在なんだよ。できれば、旅なんてやめて、ずっと少女と島で穏やかに暮らしていたいと思うくらいにな」

「どうして?」

クライヴがアリーナの方へ体を向けた。

「少女のことが好きだから」

一瞬、アリーナのことが好きだと言ったのかと思った。

おとぎ話と現実とをまぜこぜにして話すものだから、どれが彼の心なのか分からなくなる。

「アリーナ、ずっとここに居たら駄目か？」

　魅力的な申し出だった。けれど、それの意味する現実をアリーナは忘れていない。今の話が彼のことをなぞっているのだとしたら、彼は帰還《きかん》を望んでいないことになる。

「――帰りたくないの？」

「あぁ、帰りたくない。帰らなければいけないと分かっていても、な。すべてを投げ捨てることができるなら、どれだけ楽だろう。王子という立場も仲間の死も、国の混乱も……罪も、全部忘れておとぎの国でアリーナと穏やかに暮らしたい」

　彼の言葉でアリーナは気づいてしまった。

　クライヴは決してアリーナの側に居たいわけではないのだ。ただ、逃げたくて仕方ないのだろう。それほどに彼が背負っているものは重く、彼の居る現実も厳しく息苦しいものなのだろうか。

（本当にエクセリール国の王子様なの……？）

　すべての王族が緋色の髪をしているわけではないのだろうか。

「どうしてその人は亡くなったの？」

「俺の判断ミスだ。もっと強く止めるべきだった。あいつにはプロポーズをしたばかりの恋人が居たんだ」

　死んだ仲間のことを思い出したのだろう。言葉の端に後悔が滲んでいた。

　日常から離れることで知った心地よさがあるからこそ、彼は元の居場所へ帰ることに躊躇いを持ってしまった。でも……。

「――駄目よ。逃げちゃ駄目なの」

それは誰に言い聞かせたい言葉だったのか。

帰るべき場所があることの幸せにクライヴは気づいていないだけだ。彼の帰りを待つ人がいるという安心感は、それを失った者でないと分からない。

だから、彼は知らなくていい。

クライヴの悲しげな眼差しに、ぎゅっと心が摑まれた。

アリーナなら彼の願いを聞き入れてくれるとでも思っていたのだろうか。

(ごめんね……)

優しくねぎらってあげたい。傷ついている彼を慰めてあげたかった。

けれど、ここに居てはいけない。オルガはクライヴの存在を許してはくれないだろう。なにより、どれほど辛い現実が待っていても、彼の居場所は海の向こうにあるのだ。

「おとぎ話にだって必ず終わりは来るわ。いつまでも、ここに居ては駄目」

クライヴが本物の王子であるなら、なおのこと。

「お願い。今夜の船で必ず帰って」

彼を突き放して背中を押すことが、アリーナの最後の優しさだった。

クライヴはそれ以上、何も言わなかった。家に戻り、会話もほとんどしないまま夕食を終え、おのおのの部屋に戻った。

彼を受け入れなかったことに後悔はしていない。それでも、寂しさから涙は止まらなかった。聞きたくないのに、全身の神経を研ぎ澄ませ、いつ聞こえるかも分からない足音に耳を澄ます。クライヴがこの家を去る瞬間を想像しては怯えて眠れなかった。

(でも、これでいいの)

すべてはクライヴのためなのだと自分に言い聞かせ、未練を断ち切るように何度も寝返りを打った。

——憎い。……が憎い。

——なぜだ。

——アリーナ、なぜ喋った。

亡霊たちの恨み言に悲鳴を上げて飛び起きた。

(——朝……?)

白む窓の外の景色をしばらく呆然と見ていた。いつの間に眠っていたのだろう。

重たい頭を振り、自身を見下ろした。

(何でベッド?)

悪夢から目覚めた時は、屋外にいることが常になっていたせいか、戸惑いを感じてしまう。

訝しみながらも身支度をして寝室を出れば、そこはがらんとしていた。物音がしなくなった家はどうしてかいつもよりわびしく感じられた。

クライヴは無事船に乗れただろうか。

さよならも言わずに消えた人を薄情だと思うも、それはアリーナも同じことだ。

食事の準備をする気にもなれず、先に物資を取りにいくことにした。クライヴは見た目以上に大食漢で、いつも以上に食料の減りが早かった。

(ドライフルーツ入りのケーキがお気に入りだったのよね)

家のあちこちに残るクライヴの面影に息をついて厩舎へ行くと――。

「――え」

目にした光景に茫然となった。居るはずのない人がロバに荷台を繋げている最中だったからだ。

「おはよう、アリーナ。もっと寝ていていいんだぞ」

いつもと変わらない陽気な声。彼がここに居るということは、運搬船には乗らなかったということだ。

(な……んで……?)

帰りたくないと言われた。ずっとここに居たいとも言っていた。

けれど、それはあの場限りのことで、彼も帰らなければいけないことを承知していたはずだ。でなければ、あんな弱音は吐かない。だからこそ、アリーナは彼を突き放して背中を押したのだ。なのに、まさか本気で国へ帰ることを拒絶するなんて思ってもいなかった。

「どうして……？　次の船で帰ってと言ったじゃない!!」

いつオルガにクライヴの存在を知られるか分からない。そんなことになれば、クライヴまでもが傷つけられてしまうのだ。

焦燥《しょうそう》と不安と、それらに匹敵《ひってき》するほどの喜びが渦巻いている。

これでまた一か月クライヴと一緒に居られる。楽しかった時間が続くと思えば嬉しくないはずがない。そんな愚かなことを考えている自分を知られたくなくて叫んだ。強い口調で、クライヴを詰《なじ》ってしまう。

「この島に希望なんてない。あるのは悲しみだけよっ!!」

シレイニ島は仲間が彼に託した希望だと言った。ならば、希望とは何だろう。

(それが本当なら、漂流したなんて嘘なのね)

思い返せば、彼と出会った時、漂流したというわりには水に濡れた形跡はなかった。この一か月の間、彼を探しにやって来る船も無かった。

でも、一緒に暮らしていくうちに、そんなことはどうでもよくなっていった。

楽しかったからだ。

クライヴと過ごす時間に心が馴染んでしまったから、彼を疑えなくなった。

(それじゃ、駄目だったの)

自分はまた間違えたのか。

急に焦りがこみ上げてきた。

何でもいい。どんなことでもいいから今すぐ彼を拒絶できる確かな理由が欲しかった。でなければ、どんどんクライヴへ心が傾いでいってしまう。

「居たら駄目だったか？」

なのに、アリーナの葛藤を知らない彼は困った顔で苦笑いをした。

縋《すが》るような、アリーナの良心に訴えかけるような表情がたまらなくさせる。

「ところでアリーナ、昨日の夜……」

「――ッ!! 馬鹿！」

どんな思いで彼を突き放したと思っているのだ。

彼の言葉を罵声《ばせい》で遮り、アリーナは厩舎を飛び出した。

クライヴの本音はいつだって見えそうで見えない。彼が何の目的で島へやって来たのかも、彼が本当は誰なのかも、本物の王子なのかも分からない。

ブラドを狙って来たのなら、そう言えばいい。オルガのようにアリーナを脅し、在り処を白状させればよかったのだ。そうしたら――、そうしたらきっと好きになんかならなかった。

どんなに素敵な人でも、ブラドを狙う者は悪党だ。暢気に農作業をしている暇があったのなら、さっさと目的を果たして島から出て行って欲しかった。

（心を奪おうとしないで――）

同じ家に暮らし、同じ時間を過ごし、彼の人となりをアリーナに分からせ、人が居る生活を思い起こさせてまで彼は何がしたかったのか。陽気で冗談ばかり言って、そのくせ背中が寂しそうな人。クライヴには人を魅了する光がある。そこに居るだけで視線を釘付けにする。美しくて頼もしい人に優しくされれば、誰だって好きになる。

（――好きになるのよ……）

トウビ畑までやって来たところで、アリーナはその場に蹲った。

アリーナの背丈よりも高く伸びた先には今、小さな白い花が密集して咲いていた。他の畑のトウビ草はすでに枯れ始めているのに、この一角だけは青々と茂っていた。

冬の匂いが混じった風が白い花を揺らしていく。風が何度も通り過ぎていくのを眺めていると、次第に心も凪いだ。大きく息を吸って、ゆっくりと吐き出す。

（次こそ船に乗せないと）

彼は今、おとぎの国の世界に酔っているだけ。

国へ帰ればシレイニ島でのことなどすぐに忘れてしまうだろう。

約束の時はすぐそこまで迫っている。冬を越し、そうしたら……。

どうして彼はこんな大事な時に現れたりしたのだろう。神様はアリーナを試しているのだろうか。

こんな気持ち、知らないままでいたかった。

恋は強力な魔法だ。このままクライヴと一緒にいれば、ローザよりも彼を選んでしまう時が来るかもしれない。

そんなことは決して許されないのだ。

私は、囚われの少女なんかじゃない。彼もまた、自分を救ってくれる王子様ではない。

聞こえた足音にアリーナは顔を上げなかった。

「凄いな……、トウビ草の花なんて初めて見た。でも、どうしてここだけが咲き遅れているんだ？」

もういっそ彼にすべてを話してしまおうか。

自暴自棄になりかけるも、すんでのところで思いとどまった。軽はずみな行動が不幸を招くと三年半前に思い知ったではないか。

「綺麗だな」

しみじみとした呟きがたまらなくさせる。素直な感嘆に苛々《いらいら》した。

「私には綺麗だなんて思えない」

言っては駄目だと叫ぶ心を無視して、言葉は口から零れていた。恋慕を止められるのなら何だっていい。彼から離れられなくなる前に、彼の方から離れていって欲しかった。

「……ここはお墓だもの」

すると、クライヴが目に見えて息を呑んだ。

「――怖い？」

彼の感じただろう畏怖をあえて言葉にした。

「あの村の者たちのか？　アリーナ、聞かせてくれ。なぜシレイニ島には君しか居ないんだ」

　ゆるゆると顔を上げ、力なく首を横に振った。

　無言の拒絶にクライヴは苦々しそうに表情を歪めた。どう思われようと話すつもりはない。それで彼に見限られるのなら、それこそ本望だ。

　こんな悲しい島のことなんて忘れて、どうか自分の国で幸せになって欲しい。

『みんなあんたのせいよっ!!』

「ひ……ッ」

　聞こえてきた罵倒に思わず両手で耳を塞いだ。花たちのさざめきがみんなの嘆きへと変わり、アリーナを糾弾《きゅうだん》している。

　恨めしい、悔しい、と土の中から聞こえてくるのだ。

　だがその時、不意に背中にぬくもりを感じた。アリーナを責め立てる声から庇うように、深くクライヴに抱きすくめられる。

「大丈夫、俺が居る」

　クライヴの言葉を嬉しく思うのと同時に薄情だとも思った。

　むずかり、腕の中から抜け出そうともがいた。抵抗をクライヴが力でねじ伏せる。いっそう強く抱きしめられ、身動きすらとれなくなった。

「クライヴッ!!」

　たまらず悲鳴を上げた直後。

「好きだ」

告白に抵抗が止まった。

「――嘘……」

「勝手に嘘だと決めつけて安心していたのはアリーナだろ」

クライヴが首筋に唇を押しつけた。

「ま、待って！　こんなの……違うっ！」

「違うって、何が？　君への気持ち？　それとも」

言いながら、上向かされた。

「これから口づけることか？」

青い目に煌めく恋慕に釘付けになった時には、もう唇を奪われていた。

背中いっぱいに感じるクライヴの存在。そこから伝わる鼓動にかぁっと全身の血が沸騰する。

「可愛い」

耳殻に触れた唇から零れた声が、鼓膜を震わせた。

どうしよう。彼は躾けられた獣なんかではなかった。抱きすくめていた腕の片方がゆるりと移動する。乳房に触れた手の感触に全身が強ばった。

「好きだよ」

「だ、駄目っ！　クライヴ止めてっ」

「こんな時だけ名前を呼ぶのは卑怯だ」

卑怯だろうと関係ない。

「お願い、惑わさないでっ！」

「先に惑わせたのは、君の方だ」

もがくアリーナをクライヴの唇が追いかけてくる。何度も口づけられ、そのたびに首を振ってそれを外した。

(私が何を惑わせたというの？)

クライヴの手が撫でるように体を這う。大きな手の感触にぞくぞくした。触れるだけだった口づけも、侵入してきた舌に口腔をかき回されている。

「は……、ふ……ぅ」

全身で感じるクライヴの熱にのぼせそうだった。

初めて知る彼の『男』の顔に官能が刺激された。

「駄目……、駄目よ」

お願いだから、好きだなんて言わないで。

「――ふざけるな」

が、返ってきたのは、かすれ声での不満だった。

「散々優しくしておいて、何が駄目なんだ。だったらどうして俺をかまった。俺の心に入って来た」

「私はそんなこと」

心に入って来たのはクライヴの方だ。だからこそ、彼を突き放そうとしているのに、どうして邪魔をするのだろう。恋を結んだところで未来が無いことくらい、分かっているのではないのか。

「あなたは――王子、なんでしょう？　だったら、どうしてッ」

「好きだから。それも、どうしようもないくらいにな」

息が掛かるほど近い距離から食い入るようにアリーナを見ている。

「俺に全部くれよ」

囁きと同時に、また唇を奪われた。

「……ン、んッ」

首を振って逃れても、すぐにまた唇を塞がれる。逃げたくても身動き一つできない。

唇を割ろうとする舌先の感触に必死に抵抗するも、息苦しさには敵わなかった。その瞬間、肉厚の存在が口腔へ進入してきた。

「ふ……ぅ、んン……」

絡め取られた舌から伝わる感覚に背筋が痺《しび》れた。逃げても執拗《しつよう》に追いかけられ、捕らわれる。丹念《たんねん》に舐《な》められるうちに、頭の芯がぼうっとしてきた。

睫《まつげ》の長さが分かるほどの距離で彼を見るのも、これが初めてだ。青い目の中には戸惑い顔のアリーナが映っていた。

ややあって、荷物のように肩に担ぎ上げられ、家へと連れ戻された。

触れている場所はどこもかしこも熱い。アリーナからはクライヴがどんな表情をしているのか分からない。ただ背中から伝わる気配はひどく苛立っていた。

急にどうしたのだろう。

「ね、ねぇ！　待って」

呼びかけに応える声もなければ、歩みを止めることもしない。ただ、黙々と家に向かっていた。

せめて、何に怒っているかだけでも教えて欲しい。

「クライヴ、何か言って」

涙声の訴えに一瞬動きが鈍《にぶ》るも、たどり着いた家の扉を蹴破《けやぶ》るようにして中へと入る。その勢いのまま寝室へと連れ込まれた。広いベッドに放り投げられた後、彼がすぐさま覆い被さってくる。

「きゃ……ッ、何する…」

「この状況でやることなんて決まってるだろ」

首元に押しつけられた唇の感触から身を捩って逃げる。が、クライヴが重たくて思うように動けない。

「や……止めて！　正気なのっ⁉」

「正気かどうか、確かめてみろよ」

押しつけられた熱い塊の存在感に体が強ばった。アリーナに欲情している証《あかし》を示され、どんな反応をしていいか分からなくなる。狼狽えると、「あぁ、可愛いな」と嬉しそうに目を細めた。

「全部、君のせいだ。俺を幸せにしたアリーナが悪い」

「そんなこと……してな」

叫んだ言葉は途中で彼の唇に食われた。

口腔に侵入してきた舌が、アリーナの舌を舐める。びくりと体を震えさせれば、宥《なだ》めるように大きな手が太ももを撫でた。そんなことで落ち着くはずがないのに、彼の手は内腿を這い回る。

知らない感覚が恐かった。やめてと両手でクライヴを押しやろうとするも、逞しい体はびくともしない。

舌先が上顎をなぞり、その間も彼の手が体をまさぐる。

「俺じゃ君の王子にはなれないか？」

そんなこと急に聞かれても困る。王子様は物語の中だけの人だ。

「クライヴ、止めて！」

「止めない」

身を起こしたクライヴがポケットから取り出した物をアリーナの手の中に押し込んだ。それは貝殻を繋げた作りかけのブレスレットだった。

綺麗に磨《みが》かれた貝殻はどれも七色に輝いている。

「虹色の輝きは王子の恋心なんだろ？」

「これを、どこで……。もしかして、川の向こう側の浜辺？」

「嵐の日もこれを探しに行ってた。本当は完成してから渡したかったけど」

はにかむ姿に、アリーナが凝然となった。アリーナの大好きなおとぎ話の王子は、出会った少女に彼の恋心でできた虹色のネックレスを渡した。ただの世間話だったのに、クライヴはちゃんと覚えていたのだ。

（本当に私のことを……？）

でなければ、七色に光る貝殻の説明がつかない。

クライヴはブレスレットを握らせた手に口づけを落とした。

「君を愛してる」

耳元でかすれた声が愛を囁いた。それだけで腰骨がじん…と痺れた。重なる体から伝わる熱が熱い。触れているだけで息が上がってきた。

「俺を好きになれ」

「ふぁっ」

ぺろりと顎先を舐められ、おかしな声が出た。

「アリーナ、抱きたい」

飾らない言葉に心臓を打ち抜かれた。

「……なぁ、抱いていいか?」

伺いを立てる一方で、体を撫でる手に躊躇いは感じられない。腰骨を撫で、腹部の感触を確かめた手が胸元まで上がってきた。

初めて好きになった人に、こんなにも想われて嬉しくないはずがない。

(——次の船が来るまでだけなら……許されるだろうか)

ゆるゆるとアリーナは彼へと腕を伸ばした。首に回すと、微かに彼が含み笑いをする声がした。

「溺れたらいい」

そう言うと、彼は体を起こし、魔法でも使ったみたいにアリーナの服を一瞬ではぎ取った。アリーナは一糸纏わぬ姿にされて慌てて顔を両手で隠す。

「や……ぁ、見ないで」

「何で? 見るに決まってるだろ」

衣擦れの音がして、クライヴもまたシャツを脱ぎ捨てた。目を細めながら品定めをするようにアリーナの体に手を這わせてくる。

「細いな、……やばい。全部壊しそうだ」

「あっ」

両方の手で乳房に触れられた。ゆっくりと揉《も》まれるとそれだけで淫靡《いんび》な熱が生まれる。クライヴが薄桃色の尖頂を指の隙間に挟んだ。

「ちゃんと硬くなってる」

囁き、今度はそこに唇を寄せた。乳房を丹念に揉みしだきながら、硬くなった尖りを口に含む。ぬるりとした感触に、アリーナは「ひぁっ…」と悲鳴を上げた。

さわさわと肌に触れる茶色の髪がくすぐったい。でも、それ以上に、されている行為に怯えた。

味わったことのない感覚に戸惑い、手を宙にさまよわせた。気づいた彼が視線で笑う。片方の手は彼の手でベッドへ縫い付けられた。もう片方は乳房に留まる彼の口まで導かれる。指先に口づけられ、やはり口腔に含まれた。同じものなのに触れる場所が違えば感覚もまるで違う。

「ん……ん…っ」

もどかしさが腰に溜まる。たまらなくなってクライヴの下で体をくねらすと、肌が擦れ合って余計に吐息が出た。

このままクライヴの激情に押し流されてしまいそうだ。

「好きだ」

伸び上がった彼にまた口づけられた。やり場のなかった手を握り込まれ、愛おしげに頬に当てられる。それから、指を絡めしっかりと繋がれた。

息継ぎの仕方も知らない口づけに頭がくらくらする。

「ふ……ぁ」

ちゅっとリップ音を立て、ゆっくりと唇が離れていく。「好き」を連呼しながら、耳殻や耳朶にうなじにと唇を押しつけていく。時折強く吸い上げられ、そのたびに細い痛みに身じろぎした。

恐いのに、心臓が高鳴っている。待って欲しいのに、止めて欲しいとは思っていない。

ゆっくりと顔を上げた彼の表情に見えた欲情の焔《ほのお》。

（あ……）

色濃くなった青い目がアリーナを欲していた。

拒むなら今しか無い。本能が発した警告に従う理由を、アリーナはその目の中に求めた。

刹那《せつな》、クライヴが蠱惑的に微笑んだ。

「逃げられるわけないだろ」

決定的な答えを導けないアリーナに代わり、彼が出した最終宣告。その言葉を機に、クライヴが本格的にアリーナを蹂躙し始めた。

逃げられない理由を体に教え込むかのように、彼の愛撫が全身に降り注ぐ。大きな手が体の隅々まで撫でていく。

「好きだ……」

彼はいつからこれほどの激情を抱いていたんだろう。気づけなかったのは、アリーナが心を隠していたせいなのか、それともクライヴが巧みに隠していたからなのか。

下腹部に生じた髪の感触にハッとした。

「や……っ、駄目！」

何をしようとしているのか本能的に察して、焦って彼を押しとどめようとした。伸ばした先で生ぬるい舌に舐め取られ、柔く嚙まれた。

「あ……あっ」

鼻先が媚肉を突き、それよりもずっと柔らかいもので舐め上げられる。

「……ふ…ぅ、ん……んっ」

唾液を含んだ水音を立てながら、舌が何度も蜜襞の割れ目を往復する。舌先が媚肉に潜む花芯を探り当てると、吸いついた。

「ん……ぁ…ッ」

口腔の熱が過剰なほど伝わってくる。熱になれていない場所で感じた刺激は鮮烈で、そのたびにびくびくと腰が震えた。知らない感覚から逃げ惑う腰を、クライヴは易々と片腕で押さえ込む。反対の手の指に唾液を含ませると、それを蜜穴へとあてがった。

「……あ……ぁ」

ゆっくりと挿入してくる異物感に、アリーナはぎゅっとシーツを握りしめた。

「は……っ、……は…ぁ」

受け入れた指の感覚になれなくて、息が苦しい。忙しなく薄い腹が上下するのをクライヴはじっと見つめていた。

慎重に入ってきた指がおとなしかったのは、アリーナの息が整うまで。ゆるり…と内壁を擦られ、見知らぬ感覚が全身を駆け抜ける。

「や……何……、こんなの…知らない」

クライヴがゆっくりと、だが少しずつ指の動きを速めていく。断続的だったものが絶え間なく続くようになれば、体を震わすものが快感であることを悟った。

「……ぅ…ん、ん……」

粘膜《ねんまく》を擦られることに悦びを感じるようになると、戸惑いだけだった声音に艶《つや》が混じる。蜜穴が潤《うる》み、クライヴの指の動きも滑らかになる。与えられる快感に目を瞑り、シーツを握りしめながら耐えるアリーナに目を細めると、クライヴは舌での愛撫を再開した。

「ひ…ぁっ、あっ……あ…」

花芯を強く吸われるたびに、腰が蠢《うごめ》く。それを宥める指からの刺激にまた腰が震える。その繰り返しに、体の熱も息も高められていった。体中にむず痒《がゆ》さが充満していた。

子を孕む場所がひどく熱い。指を咥《くわ》えている秘部がひくついていた。クライヴの指が蜜壁を執拗に擦るから、追い立てられるような息苦しさに体がいちいち反応する。苦しいのに、甘美さを孕む熱が全身に巡る。指が二本に増えれば、それはさらに顕著《けんちょ》になり、皮膚の下のちりちりとした刺激が理性をそぎ落としていった。

「……ふ…ぅ……ん、……あぁっ！」

「苦しそうだな」

アリーナは薄く目を開けた。

「ク……ライヴ、……ぁ…あんっ！」

ぐりっと抉るように擦られ、目の前に幾筋も銀色の閃光《せんこう》が飛んだ。

「ここがイイんだろ？」

強い刺激に涙目になりながら、アリーナは何度も頷いた。

「楽になりたいか？」

再びの問いかけに、また強く頷く。

なす術もないまま溺れるしかない快感が恐ろしい。

「助け…て……」

切れ切れの懇願に、クライヴの目の色が変わった。それまでとは比べものにならないほどの強烈な摩擦《まさつ》熱がアリーナを襲う。

全身に散らばっていた劣情に灯された焔が一気に解放へ向けて走り出した。迫り来るのは感じたことの無い焦燥。とてつもなく大きな波に呑み込まれてしまうような恐怖に、アリーナは震える声で「恐い」と訴えた。

「駄目……駄目、何か…く……、あ……あ…ぁっ」

体の奥底から湧き上がる戦慄《せんりつ》が限界を超えた直後。

「――あぁっ！」

全身を痙攣《けいれん》させながら、絶頂へ飛んだ。咥え込んでいる指を締め付け、腰が悦楽に悶《もだ》えている。全身に満ちていた熱が一気に弾けたことで、感じたことの無い脱力感とそれ以上の法悦感があった。

余韻に震えるアリーナに目を細め、クライヴが残りの衣服を脱ぎ去る。漲る赤黒い欲望に手を添えながら、ひくつく蜜穴に先端を押しあてた。

指とは違う存在感に虚ろだった意識が引き戻される。あてがわれた存在の雄々しさに体はあさましく反応した。

大きく左右に開かれた脚の付け根にある欲望の塊が容赦なく、しかしゆっくりとアリーナの中へ侵入してくる。

「ヒッ……！」

指とは比べものにならない、圧倒的な存在が少しずつ肉を割って入ってくる。今にも秘部が軋む音が聞こえてきそうな強烈な痛みに、体が強ばった。

「……は、……ぁあ……」

痛みに表情を歪め、無理だと流れる涙の滴を振りまいても、クライヴは挿入をやめなかった。

広げた脚を手で固定し、じっくりと中の具合を確かめながら腰を進めてくる。

「い……た……い」

「……まだ、だ」

それまで内壁に残っていた淫靡な快感は、今は強烈な痛苦でかき消されてしまっている。

目一杯に広げられた秘部が苦しいと悲鳴を上げていた。

これ以上は入らない。

いつ終わるともしれない長い痛みにはらはらと涙を零しながら、浅い息遣いを続けていると、不意に涙を拭われた。

縋る目で見上げれば、苦しげな顔をしたクライヴが苦笑いを浮かべた。

「なんて顔してんだよ……」

頬を包んだ手の指が、愛おしそうに唇を撫でている。まるで開けろと催促されているみたいで、アリーナは恐る恐る口を開いた。ほんの少しだけ彼の親指の先を咥える。

クライヴがわずかに睫を震わせた。

舌を伸ばし、指先に触れた。唇をすぼめ、ちゅっと音を立てて指先を吸う。ちょうどいい硬さのそれは、不思議と秘部の疼痛《とうつう》を和らげてくれる気がして、行為に夢中になった。

「ふ……ぅ……ん」

手を添え、乳を飲む子猫のような仕草で奉仕する姿に、クライヴが忌々しげに舌打ちをする。

「ンッ、あぁっ！」

ずるり、と剛直が動いたことでアリーナが悲鳴を上げた。

「どれだけ煽ってくるんだよ」

かすれた声は熱っぽく、見下ろす青い目は獰猛《どうもう》さを宿していた。

腰を引いて、同じ深さまで腰を埋める。抜き差しの振り幅を徐々に大きくされることで、蜜壺を擦られる刺激も強くなった。焦れったい腰使いが疼痛を再び隠微な快感へと生まれ変わらせていく。狭い道は野太い欲望を受け入れるにはまだまだ苦しい。ごりごりとかりくびの当たる場所すべてが痛いのに、深く穿《うが》たれると妖しい感覚が全身を巡る。淫猥で、それでいて痛痒くもある痺れを宥めたくて、アリーナは夢中で指をしゃぶった。

不意に、クライヴが親指で口腔を掻き混ぜた。

「そうだ、もっと……舐めてろ」

くちゅ、と唾液が絡む音がする。低い声が命じた。蜜壺を埋めている欲望が肥大する感覚に反応して、秘部がきゅうっと収縮する。

クライヴが小さく息を吐き出す。緩い律動が始まった。

「……っあ、…ふ……ぅ、ンン」

動かないでと言うかのように粘膜が屹立《きつりつ》に絡みつくにつれ、内壁を宥めるような腰使いだったのが、徐々に獰猛さを見せだした。

深い場所を抉ったと思った次には、蜜口近くを擦られる。最奥の空虚感が切ないと肉棒に絡みつけば、不敵な笑みと共に深く腰を埋められた。辛いのにひどく気持ちのいい行為が続くほど、意識は曖昧になっていく。

考えなくてはいけないことがあるはずなのに、性急な求愛がもたらす快感に身も心も溺れてしまう。

結合部からは掻き出された蜜が振動に合わせて飛び散っていた。

唾液で濡れそぼった指が乳房の尖頂を弄っている。突き上げられる官能的な刺激とは違う悦びに悶えれば、秘部を抉る楔《くさび》で戒《いまし》められた。

「ひ…ぁ、……あっ」

卑猥な腰使いに体が悦楽に戦慄く。穿つ律動の速度が速くなり、アリーナを押さえつけている手にも力が籠もった。

体中に広がる甘美な快感に、頭の中まで痺れる。味わわされた肉欲にすべてが支配された。

「……ぁ、あ……っ、い…ぁ、あっ」

がくがくと揺さぶられ、頭が真っ白になりかけた刹那、アリーナは自分の中に流れ込む感覚に震えた。

嵐のような情事から目が覚めると、窓からは橙色の夕日が差し込んでいた。

「目が覚めたか」

扉が開く音がして、ちょうど部屋に入ってきたクライヴがそっとアリーナの髪を撫でた。

「……ライヴ？」

発した声はかすれていた。

顔に落ちた滴の冷たさに体をすくめると、「あぁ、悪い」と笑われた。

「その髪……」

濡れた髪は燃えるような緋色だった。驚きに凝然としていると、クライヴは少し困った顔で苦笑した。

「本当に王子様なの……？」

「だから、そう言ってるだろ」

緋色の髪はエクセリール国の王族の特徴だ。それに加え、青い目をしているのなら、これ以上の証明はない。クライヴはまぎれもなくエクセリール国の王子なのだ。

「じゃあマーディ国から来たというのは」

問いかけに、クライヴはほぅっと観念したように息を一つ吐いた。

「――悪い。嘘だ」

彼は何度も素性を明かしていた。それを冗談だと決め込み、まともに取り合わなかったのはアリーナの方だ。それでも、やはり嘘をついたと言われれば心が傷ついた。

「どうして嘘を」

「見知らぬ者に軽はずみに素性を明かすわけにはいかなかった」

王子ともなれば、アリーナには計り知れない苦労や警戒があるのだろう。そう思えば、彼の言葉に納得もできた。ならば、やはり漂流したというのも嘘なのだ。果たして彼が見つけたがっている希望とは何だろう。

――でも知らなくても恋はできる。どのみち、この島かぎりの関係だ。

(クライヴはオルガのことを知っているのかしら)

エクセリール国の王子なら、どこかでオルガの名を聞いているかもしれない。

だが、それには己の罪をも告白しなければいけなくなる。

島民を死に追いやったと知れば、クライヴはきっとアリーナのことを軽蔑するだろう。

罪深い女だと忌《い》み嫌われるのが怖かった。

だが、ローザの近況が分かる千載一遇《せんざいいちぐう》の機会であることは間違いなかった。聞くなら今しかない。

「あの……ね。……オ、オルガを知ってる?」

緊張しすぎた問いかけに、クライヴがぴくりと眉を動かした。

「その者が何だ?」

「──え。う、ううん! 何でも無いの。変なことを聞いてごめんなさいっ」

慌てて会話を打ち切り、ベッドに顔を埋めた。心臓がドクドクと興奮に騒いでいる。

(クライヴはあの男のことを知っているんだわ)

アリーナは「オルガ」と言っただけだ。それでも、彼はそれが人の名であることを言い当てた。

ようやく見つけたオルガへの糸口をアリーナはたぐり寄せることができない。相手がクライヴだからだ。

(あぁ、どうしてもっと早く尋ねなかったのだろう。恋を知る前ならこんな気持ちになら

なくてすんだのに）

ローザを助けたい気持ちに微塵《みじん》の揺らぎもないのに、彼への想いが同じくらいの比重で心を二分させている。

クライヴは王子だ。あの男の悪行を知れば、きっと放っておくことはしないだろう。助けを請えば力になってくれるかもしれない。

それでも、アリーナには己の可愛さゆえにその一歩を踏み出す勇気がなかった。

なにより自分の判断が本当に正しいのか分からなかった。万が一、彼がオルガと同じ側の人間だったら、アリーナはもう誰も信じられなくなる。

どこまで考えれば「浅はか」ではなくなるのだろう。

ちらりとクライヴを見遣った。

（本物の王子様なのね……）

醸《かも》し出す高潔な気品の理由も、これで納得した。

体に残るクライヴがくれた熱がずくり…と官能を疼《うず》かせた。あんなに抱き合ったばかりだというのに、もうクライヴを欲しがっているのだから、なんて貪欲なのだろう。

クライヴは想像していた王子様とはまるで違っていた。

壮麗で豪奢な宮殿で煌びやかな服を纏い、贅沢な暮らしをしながらも、嫌みなところは感じさせず、民に等しく優しい人。それがアリーナの抱く王子様の姿だった。泥に塗れ、汗を流しながら嬉々として労働にいそしむ王子だなんて聞いたことがない。

「疲れてるだろ。もう少し寝てろよ」

優しく頭を撫でられると、瞼《まぶた》が重くなっていく。

(気持ちいい……)

心がほぅっと息をつく。また眠りへと落ちていった。

☆★☆

寝室を出たクライヴは、テーブルに置きっぱなしになっていた物資の中に紛れていた密書を取り出した。

目を通し、重いため息をつく。

差出人は、エクセリール国に居るグレイスからだった。


——早急にご帰還ください——

おとぎ話に終わりが来たのだ。

☆★☆

それからのアリーナの日常は、これまでとはまったく違うものとなった。

クライヴの求愛は執拗で、今まで以上に近づいた距離感に戸惑いと焦燥と喜びを感じた。夜ごと彼のベッドへ連れ込まれ、意識が飛ぶまで愛される。肌を寄せたまま眠り、同じベッドで朝を迎えることの繰り返し。

これまでのように朝日の昇る前に起きることもできなくなり、動物たちの世話はもっぱらクライヴの役目になった。

クライヴの存在を感じる。それだけで、アリーナの心はときめきを打ち鳴らす。彼は熱心にソファでシレイニ語の絵本を読んでいたかと思えば、いつの間にかアリーナの後ろに忍び寄ってきては、食事の支度《したく》の邪魔をしたりもした。

ままごとみたいな、つかの間の幸せが嬉しかった。

外仕事を終えて戻ってきたクライヴが、今日も後ろから抱きつき、左手首を飾っている貝殻のブレスレットを撫でてきた。あの日、彼がくれた物だ。大きなタカラガイを中心にそれよりも少し小さな貝を連ねたそれを、クライヴはアリーナへの恋心だと言った。いったい彼はどんな顔でこれらを磨き、繋ぎ合わせていたのだろう。

「今夜は何？」

「や、野菜のスープと、あなたにはベーコンを焼くわ。今、窯《かま》で魚のパイを焼い……」

言葉が途切れたのは、不意に抱きしめられたからだ。

「アリーナも少しは肉を食べろ」

「だから、代わりに魚を」

「そうじゃなくて。俺が言ってるのはあっち」

クライヴは台所に用意したベーコンの塊を指さした。

「……いい。あなたが全部食べて」

「でも、体が持たないだろう？　いくら何でもアリーナは痩せすぎだ。せっかくの愛らしさがもったいない」

言葉にされて、顔が熱くなった。

アリーナへの想いを包み隠さず態度に表すようになった彼は、信じられないくらい甘い。アリーナを見つめる眼差し、髪に口づける仕草。どれひとつをとってもこそばゆくなる。どんな態度をすればいいか分からず目をそむけてしまっても、彼は決して不機嫌になることはなかった。

（こんなのは駄目なのに……）

彼はいずれ帰ってしまう人だ。期間限定の恋人に溺れても先はない。

「何を考えてた？」

「ひぁ……っ」

するりと布越しに脚を撫でられた。明確な意志をもって蠢く手が秘めたる場所へとすべる。

「や……ぁ！」

指が花芯を引っ掻くように動く。それだけで走った細い刺激に、アリーナは上半身を震わせた。

「ん……、いい反応。抱くほど感度が上がってくるな」

　耳元で囁かれ、無遠慮にスカートをたくし上げられると、下着の脇から入ってきた指が秘部を貫いた。

「あぁ……！　待……って、まだ食事の支度が……ッ」

「本当に待てるのか？　もうここをこうして掻き混ぜて欲しいだろ？　それとも指じゃなくて、もっと太いものがいいのか？」

「ふ……ぅ、んンッ……。今朝のが……出てきちゃ……ぅ」

　くちゅ、と響く水音がいたずらにアリーナを煽る。今朝も執拗に抱かれたばかりの痕跡は、今も体の奥に留まったままだ。自らが放った残滓《ざんし》を掻き出すように蜜穴を弄る指の動きにアリーナは無意識に腰をくねらせた。

「や……クライヴ……」

　もどかしさに音を上げると、クライヴがゆっくりと取り出した剛直を秘部へと挿入させていった。

「ん……んンッ」

　ずぶずぶと最奥まで埋め込まれていく感覚は、何度味わっても慣れない。台所の縁を強く握りしめる手に力が籠もった。

「く……ッ、キツいな。でも、凄くいい」

感嘆を吐き、腰を動かす。伝わる強めの振動に体を揺さぶられながら、湧き上がる快感に必死に耐えた。

「あ……く、ぅ……ん、んッ」

屹立の抜き差しする卑猥な音と肌がぶつかる音が生々しさを際立たせていた。

——どうして愛してるなんて言ったの……。

知らなければ、こんな気持ちにならなくてすんだ。

ぬくもりを覚えさせないで。抱かれる悦びを植えつけないで。

「俺が好きだと言えよ」

責め苦に悶えながらも、アリーナは夢中で首を横に振った。

それだけは絶対に駄目だ。思いを言葉にすれば、もう離れられなくなる。あなたを手放せなくなる。

「強情め」

くつくつと愉悦を零しながら、花芯に手を伸ばしてくる。

「ふぁ……ぁ」

「でも、こうすると素直になる。本当に快楽に弱いな」

「……あなたが…したんじゃない」

「あぁ、俺のせいだ。だから、俺が一生こうしてやる」

「……ぅ、ン……。あ……あ…ッ」

力強い律動に体を支えている足が悲鳴を上げる。膝に力が入らなくなって体がくずおれそうになる。それでも、必死で体を支えているのは穿たれる快楽を覚えてしまったからだ。

「アリーナも俺が好きだろう？」

かりくびでごりごりと粘膜を擦られる快感と、深い場所を彼の熱い欲望で突かれる悦びがアリーナを陶酔させる。

今まで知らなかった世界は恐ろしいほど甘美で、一時とはいえ抱えた苦悩を忘れさせてくれる。リズミカルな振動が考えることを許してくれないからだ。

クライヴだけを感じていればいい世界は魅惑的で、このまま墜《お》ちてしまいたい。

体の奥から感じる絶頂の兆《きざ》しに蜜壁が小刻みに蠕動《ぜんどう》を繰り返す。

「あ…あぁ……ッ！」

刹那、一際激しく体が震えると、彼もまた達するのを感じた。断続的に放たれた精がゆっくりと胎内に滑り降りていくのを感じる。吐き出された新たな精に満たされた体がぶるりと小さく震えた。

欲望が抜き取られ、へたり込みかけると、クライヴの腕が腰を浚《さら》った。そのまま、先に座り込んだ彼の上へ向かい合わせで跨《また》がされる。

「や――ッ、な…に」

「――まだだ」

両手で脚を大きく開かれると、放たれたばかりの精がとろり…と伝い流れた。まだ硬く漲ったままの昂ぶりを蜜穴へあてがわれる。自らの重みで彼を受け入れる感覚に、それだけで軽い絶頂をみた。

「ひ……ッ、ぁあ！」

全身が粟立つほどの強烈な快感に、意識が飛びそうになる。

「これだけでイッたのか？」

嬉しそうな声に全身が羞恥に染まった。

「自分で動けるだろ？」

耳元で囁かれる憎らしい言葉に、アリーナは涙目になりながら眉を寄せた。彼の肩に手を置いて、恐る恐る腰を動かし始めた。が、思った以上に上手く動けない。これでは体のあちこちで燻るむず痒さは収まらない。

「でき……ないッ」

音を上げると、クライヴがほくそ笑んだ。

「動いて欲しいなら言えよ、好きだって。離れたくないって」

不意に強く突き上げられた。

「あぁっ!!　……ねがい、許し……て」

クライヴは一歩も引く様子はない。けれど、どれほど責め立てられても、言えないことだってある。

「ど……して、聞きたがる……の」

「こんなに抱かれても、分からないのか？」

「おね……がい、帰って……。何も…知らないまま……アァッ！」

揺さぶられ、嬌声が零れた。

「……ッ。俺が居なくなったら、この体をどうするんだ？　一人で慰めるのか」

揺らさないで、と夢中で頭を振った。が、クライヴには違う意味として伝わったらしく体を地面へと押しつけられ、正常位から突き上げられた。

腰を抱え直され、深い場所まで抉られるように責め立てられる。激しさだけが際立つ律動に息もできない。達した体には強すぎる快感にアリーナはなす術もなく身もだえた。

「ふ……あぁッ、い……、くっ」

急速に追い上げられた体が覚えた再びの限界に目の奥でちかちかと閃光が瞬いた。

「――ぁ……あ……」

欲望の熱を吐き出し、クライヴがゆっくりと倒れ込んでくる。

整わない呼吸を繰り返しながら、アリーナはこれからのことを考えた。

クライヴはアリーナとどうなりたいのだろう。一国の王子が本気で孤島の女と結ばれると思っているのだろうか。

この恋はまがいもの。おとぎ話には必ず終わりがある。

(だから、私の心なんてあなたは知らなくていい)

アリーナは与えられた快楽にそっと身を預けた。

クライヴから「大事な話がある」と切り出されたのは、翌日のことだった。

あいにくの雨で、いつもは夕食後の日課だった勉強会を昼間に繰り上げてやっていた時だった。以前はテーブルで向かい合わせでしていた勉強会も、今では隣り合わせに座れるソファが定位置となっていた。側にあるローテーブルには二人分の紅茶と、クライヴが好んで使っている蜂蜜が置いてあった。

「どう？　やっぱり素敵なお話でしょう？」

彼が今、熱心に読んでいるのは、七色の心の話がより詳しく書かれた童話だ。

もう少し難しくても大丈夫だと言い切った彼に、ならばとアリーナが貸した。

「まぁまぁかな」

「じゃあ、なぜ読んでいるの？」

物語になぞらえた虹色のブレスレットまでくれながら、まぁまぁとはどういう了見だ。

アリーナが口を尖らせた。

「怒るなよ」

そう言って、肩を抱き寄せこめかみに軽く口づけてきた。

まったく、突き放したかと思えばちゃんと甘さもあるのだから敵わない。

「それで、どこが分からないの？」

「あぁ、この部分だ。これは何て読むんだ？」

指さされた箇所は、王子様が少女を救い出す場面だ。

「えっと、これは……〝どうか私の妃になって欲しい〟よ」

「その次は？」

「〝よろこんで。私の愛しい王子様〟」

王子が悪魔を倒し、少女に結婚を申し込む場面は何度読んでも胸がきゅんとときめく。

「〝どうか私の妃になって欲しい〟」

「そうよ。でも、今更読めない文でも無いんじゃ……」

顔を上げれば、真剣な眼差しがあった。ブレスレットを嵌めている手を取り、指先に口づけられた。

「本気だ。俺と共にエクセリール国に来て欲しい。そして、俺のたった一人の妻になってくれないか」

「何……、急にどうしたの？」

「明日、国へ帰る」

さよならは唐突に訪れた。

ビクッと肩を震わせ、見開いた目で彼を凝視した。

「大事な話って、そのこと？　でも運搬船はまだ先だわ」

「状況が変わったんだ。――アリーナ、俺と一緒に来るんだ」

強引になった口調に、いつもの陽気さはなかった。

何が変わったというのだろう。

第一、今のアリーナに島を離れるという選択肢はない。

「私は行かないわ……」

「夢が叶うとしても？　舞踏会に出てみたいんだろ」

それとこれとでは、話が違う。

「あれは——。ともかく、あなた一人で帰って」

会話を避けるように、立ち上がる。が、すぐにクライヴに引き戻された。

「聞けない言い分だ。第一、その体はもう俺無しでは耐えられないはずだ。俺がそうしたんだから」

その通りだ。数え切れないほどクライヴに抱かれた体は、すっかり彼のぬくもりを覚えてしまっていた。

拒むこともできたはずなのに、快感を知った体は単純で欲望に従順すぎた。

「一人、島に残ってどうする。オルガへ復讐でもするつもりなのか」

「——ッ」

ハッと顔を上げると、彼の誘導に引っかかったことに気づいた。こちらを見据える青い目がアリーナを哀れんでいたからだ。

「アリーナは自分のせいで村が壊滅したと思ってるんだろう？　だからこそ、復讐を誓った。違うか？」

　クライヴはどこで島の惨劇を知ったのか。ならば、アリーナの犯した罪もすでに知っているということなのか。

　蒼白顔になると、「村の長老らしき者が書いた手記を読んだ」と告げられた。

「村に入ったの……？　いつ？　あそこには入らないでと——……」

「知りたいなら、俺と一緒にエクセリール国に来るんだ」

「そんなの答えになってないわ。——駄目、駄目なのよ。私は行けない」

　狼狽えるアリーナの両手を摑み、逃げられないように捕らえる。

「言っておくが、君には無理だ。オルガはアリーナが思うほど迂闊《うかつ》な人間じゃない。刺し違えるどころか返り討ちに遭うのがせいぜいだ」

　クライヴの言葉はオルガを知っているふうでもあった。けれど、動揺しているアリーナはそのことに気づけなかった。

「そ……、そんなこと分からないわ！　やってみなくちゃ分からない……ッ」

「分かるさ。アリーナは人を殺すには優しすぎる。黒の騎士を物語の中ですら殺せなかった君が復讐を果たせると思うか？」

「違うっ、私はただ——ッ」

「ただ、何だ」

　引き出されかけた言葉を慌てて吞み込んだ。

「アリーナ、今更隠しごとをしてどんな意味があるんだ。復讐してどうなる？　そんなものは何も生みやしない」

握られている手に力が込められた。

「痛い……っ」

「オルガを許せとは言わない。けれど、命を懸ける覚悟があるなら、あがく勇気くらい持てるだろう」

「か、簡単に言わないで。私は……私にはできない」

「できるさ。俺が導いてみせる」

断言されても心は動かなかった。

ついて行くにはアリーナはクライヴのことを知らなさすぎる。

「アリーナ、島であったことを話せ。俺ならきっと君を助けてやれる」

王子としての自負に溢れた言葉に、ハッと顔を上げた。

助けて欲しい。

咄嗟に、そう思った。けれど、すぐにその願望が間違いであると思い直す。

（言えない……）

いや、言ってはいけない。クライヴを巻き込みたくなかった。自分にかかわったせいで、彼までもが不幸になるのが怖かった。

「アリーナ、島を出ろ。今よりもいい暮らしを約束する。絵本だって好きなだけ描けばいい。新しい世界へ行くんだ。君を一人にしたくないんだよ」

なんて傲慢に満ちた言葉だろう。けれど、今の自分は一人にはしないと言う彼の言葉に喜びを感じてしまっている。これが恋の力なのか。愚かだと思うことも、至上の喜びに変えるのが恋なのだ。

それでも、アリーナは頷けない。

「いい加減にしろ！」

たまりかねたクライヴが立ち上がり、無理矢理腕を掴んで引っ張り上げた。わずかに座面から体が浮く。

「答えなんて一つきりしかないだろうがっ!!」

「や……っ！」

「来るんだ」

強引に唇を合わされ、舌をねじ込まれた。

「……ふ…ぁ、ん」

息苦しくなるほど濃厚な口づけと舌使いに、体はすぐ快感に疼いた。体中からしみ出るような甘い疼きが抵抗する力を奪う。床にへたり込んだアリーナを見下ろし、クライヴが舌なめずりをした。

「物欲しそうだ。して欲しいんだろ？」

疼く肉欲を見透かされ、カッと頬が赤くなった。

を伝えてきた。

「へぇ？　だったら、試してみるか？」

呟き、アリーナを床に押し倒した。彼らしくない強引なやり方がクライヴの抱く苛立ち
「クライヴ、止めて！」

スカートをたくし上げられると、その手が迷うこと無く秘部に触れた。

「んっ……」

下着をよけて直に触れてきた指が、くち…と淫靡な音を立てた。

「これでも、一人で平気だと？　俺が居なくなった後はどうするつもりなんだ。一人でこ
こを慰めるのか？　それとも、流れ着いた漂流者にでも慰めてもらうつもりか!?」

「ちが……、そんなことしないっ」

「どうかな」

「ひぁっ！」

ずぶり、と一気に二本の指が入ってきた。

「違うというなら証明してみせろ。一度もいかなかったら信じてやってもいい」

そんなこと、できるはずがない。

無謀な条件なのは彼も承知のはずだ。できないと知っていてあえてそれを突きつけてく
るのも、アリーナが彼との未来を拒んだせいなのだろう。

「違う……ッ」

「んっ、……やめて！」

「締め付けながら言う台詞か？　ここは、もっと欲しいと強請《ねだ》ってるぞ」

「あぁっ」

掻き混ぜられ、腰が跳ねた。乱暴な愛撫が怖いのに、体は快感に打ち震えている。すぐに見え始めた限界に怯えると、唐突に指が抜かれた。

「——え」

喪失感に目を開けた。すると、クライヴが下衣から怒張した昂ぶりを取り出していた。

ごくり、と喉が鳴る。

今、彼を受け入れてしまったらきっと引き返せなくなる。逃げ腰になると、すかさずクライヴに脚を摑まれた。大きく左右に開かされ、蜜穴に欲望の塊をあてがわれる。来る、と感じた刹那、剛直に最奥まで穿たれた。

「あぁ——ッ!!」

性急な繫がりに悲鳴を上げる。その瞬間、アリーナは絶頂に達した。

びくびくと体を痙攣させ、強すぎる快感に呑まれた。

「……は、最高……ッ」

青い目が蠱惑的に笑う。

蠕動する粘膜が落ち着くのを待つこと無く、クライヴが腰を動かし出した。

「ひ……ぁ、あ……」

アリーナの快感を最大限にまで高めるような、ねっとりとした腰使いがたまらない。肌がぶつかるたびに蜜が泡立つ音がする。

「淫乱になった」

花芯へと伸びた指が、さらなる刺激をもたらした。

「――や、ぁっ!!」

ビリビリと刺すような細い快感にむせび泣き、止めてと訴える。

でも、それが決して本心ではないことくらいアリーナも分かっていた。強引な繋がりを恐がっていても、そんなふうになってまで求めてくれることが嬉しかったのだ。

「……っ、はぁ」

切ない呻きを零し、クライヴが爆《は》ぜた。胎内が濡れていくのを感じて、アリーナもふるりと震えた。先ほどよりも緩やかな絶頂に身を委ねる。

硬さを失った屹立が体の中から出て行く。

ほうっと肩から息を抜いて、彼が床に腰をおろした。

「悪い……、ひどくした」

アリーナは両手で顔を覆いながら首を横に振った。

ソファにもたれたクライヴに抱き起こされる。乱暴にしたことを後悔しているのか、露出した脚をスカートで隠す仕草は優しかった。額を胸に押しつけられると、クライヴの鼓動が聞こえてくる。愛おしくてまた涙が溢れてきた。

「泣くなよ……」

「ごめんなさい……、でも」

(一緒には行けないの。だから、せめて温もりだけ置いていって)

恋慕がアリーナを急き立てた。

それで、この恋を終わりにしよう。初めからそう決めていたではないか。

「——もっと抱いて」

初めて彼を強請った声は自分でもおかしく思うほど震えていた。

抱きつく腕に力を込めると、ビクリと緊張するのを感じた。

「アリーナ……?」

抱き留めていた腕がわずかに緩んだ。

「——好き…よ。だから、もっと……あなたを感じたい」

後がないと思えば大胆にもなれた。

チッと舌打ちする音と共に再び体を床に倒された。

「本当、たまんないな……」

「ひぁっ……!」

囁きと同時に、ぬるりとしたものが媚肉を舐めた。割れ目に沿って舐め上げた舌先がいたずらに蜜穴を突く。そのたびに快感が走った。

「や……ぁ、あっ」

いやらしい音を立てながら、クライヴが滴る蜜を吸い上げた。わずかに内側へと入り込む舌先の緩い快感がもどかしい。腰をくねらせ悶えれば、陰部に顔を寄せたまま薄笑いされた。

「どうした、もう我慢できないのか？」

「クライヴ、だって……、あ…、あっ」

「だって、なんだ？」

「あぁ……っ」

ずぶりと指を埋め込まれ、上半身に力が入った。抜き差しされるごとに、卑猥な音がする。どちらのものかも分からない蜜が泡立ちながら溢れてきた。

「ここに俺が欲しいか？」

「ひっ！」

床に爪を立て、襲いくる快感になす術もなく喘いでいると、舌とは違う熱量がそこに押しあてられた。

「あ……」

ぞくりと肌が粟立った。力を取り戻した存在感に、秘部がひくつく。

「クライヴ、お願い」

ゆっくりとねじ込まれていく灼熱《しゃくねつ》の質量にか細い吐息が零れた。すぐに激しくなった腰使いに心も体も翻弄《ほんろう》される。

「俺にはアリーナだけだ」

「わた……私も、クライヴだけ……」

「だったら不安になるな。俺は絶対にアリーナを手放したりなんかしない」

叶わぬ言葉だと知りつつも、溢れる愛が嬉しかった。手を伸ばすと、クライヴが指を絡めてきた。しっかりと握り合い、腰骨を叩く律動に身もだえる。

「クライヴ……もっと、もっと……ほし……い」

「好きなだけ欲しがれ」

「あぁっ!!」

クライヴの体がテーブルにぶつかると、何かが倒れる音がして、テーブルから琥珀色の液体が伝い落ちてきた。

クライヴは忙しない手つきでアリーナをはだけさせて、それを手のひらで受け全身に塗りたくった。ねっとりとした感触と、ほのかな花の香り。蜂蜜だ。皮膚を撫でる独特なぬめりが心地いいと思うも、この先にある快感を思えば恐怖と期待で不安になる。見上げると、彼もまたシャツを脱いだ。しなやかな肢体は大型の肉食獣を連想させる。舌なめずりする仕草が官能的だった。

クライヴは繋げたままの体を緩慢に揺すりながら、手のひらで蜂蜜を伸ばしていく。体温で温くなった蜜の香りと、大きな手で塗りたくられていく何ともいえない感覚は、アリーナの意識を悦楽の海へと誘う。ゆるり、ゆるりと揺さぶられながら鼻孔いっぱいに広

がるアカシアの香りが蕩けるほど甘く感じられた。

「いい眺め」

硬く尖った乳房の尖頂を両手の親指で弄りながら、クライヴが感嘆を零した。

「俺が女にしたんだ」

「やぁっ！」

ぐり、とそのまま爪を立てられ走った痛みに背中が反った。

「ここもこれも、全部俺のものだ。誰にも渡さない。どこへもやらない」

心も体も全部あげる。

「クライヴ……嬉しい」

所有権を誇示されて歓喜するだなんて、自分はほとほとこの恋に溺れている。

腕を伸ばせば、被さってきた彼に強く抱きしめられた。肌の間で擦れる蜂蜜のぬめりが淫らな欲情を煽る。

「好き……、クライヴが好き」

「アリーナ……ッ」

強すぎる振動に縋る腕に力が籠もった。顔をすり寄せれば、「ちゃんと見せろ」と腕を外された。

「や……、恥ずかし…の」

「俺しか見てない」

雨のように口づけを降らされる。唇にだけ与えられないそれが寂しくて顔を上げれば、熱っぽい眼差しをした彼の熱い吐息がかかった。

「好きだ、君が好きだ」

穿たれながら口づけられると、秘部がきゅんと締まる。どこもかしこも彼に支配されているみたいで気分が高揚する。

「クライヴ……好き」

お願い帰らないで、行かないで。

愛を乞う眼差しに、クライヴが蕩けるような微笑を浮かべた。

「……これ以上、煽るな」

「あっ、や……あ、あぁっ！」

横向きにされ、がつがつと中を抉られる快感に全身がおののいた。咄嗟に上へずり上がろうとするも、絡め取られて引き戻される。深く打ち込まれるごとに快感が脳天まで突き抜ける。

「ふ…ぁ、ん…ん」

止まらない嬌声を手で押し殺そうとすれば、その手を繋がっている部分へと導かれた。

「ほら、こんなにぐちょぐちょの場所に、俺のが入ってる」

ぐちゅ、ぐちゅと蜜穴を出入りしている存在感にぶるりと背中が震えた。指の間に感じる屹立が愛おしくて、切ない。もっとずっとこうしていたい。彼を放したくなかった。

「い……く、も…ぅ、いく」

涙が止まらない。追い上げてくる振動にすべてが持って行かれてしまう。つま先から這い上がってくる痺れが絶頂の兆しをにおわせば、もうアリーナには止められない。

「ンぁ――ッ!!」

爆ぜた快感に体が激しく波打った。が、クライヴの生む律動は止まらなかった。

「やっ……待って、まだ動いちゃ……あぁ――ッ!」

仰向かされ、奥の奥まで擦り上げられる。絡みつく粘膜を振り払うような律動が怖くて、気持ちいい。

「も……いく…」

がくがくと体を震わせながら、突き上げられるまま揺さぶられた。力なんてもうどこにも入らないのに、内壁だけは欲望を搾り取るように蠕動している。

「すき……すき」

うわごとみたいな告白の最中、最奥に熱い飛沫が注がれた。

「あ……あ――……」

放った後もすり込むように腰を使われる。そのうちにまた硬くなった欲望に翻弄された。際限のない悦楽に喘ぎ、乱れ、クライヴを強請った。そうして気が遠くなるまで何度も体を重ね合った。

目が覚めた時、外は薄暗くなっていた。

(——夜ッ!?)

慌ててベッドから飛び起きた。耳を澄ませても家の中に人の気配はない。

今、何時だろう。

この薄闇が夜の始まりなのか、それとも終わりなのかも分からなかった。はっきりしているのは、クライヴが側に居ないことだけ。

(もしかして帰ったの……?)

いつまで経っても一緒に行くと言わなかったから、とうとう見切りをつけたのだろうか。

薄暗い闇に沈んだ部屋で、アリーナは落胆する。

(行ってしまったんだわ……)

ベッドの中で膝を抱えた。

「……う……うぅ…」

こみ上げる嗚咽を抑えることができない。溢れる涙がシーツに染みこんでいく。

また、さよならも言えなかった。

体のそこここに残るクライヴの存在が、なおさら彼を恋しくさせた。自分で選んだ決断のはずなのに、恋は容易くそれを覆そうとする。

散々泣いて、ぐっしょりと涙を吸ったシーツが気持ち悪くなったところで顔を上げた。青白い月の光が差し込む部屋をぼんやりと眺めた。

ふと、ベッド脇のテーブルに一枚の用紙が置かれていることに気がついた。

(何かしら……)

月明かりに照らしたそれには流麗な文字が書かれていた。

『保管庫の前でアリーナを待つ。——必ず来てくれると信じている』

まだ彼は諦めていなかったのだ。

最後の最後まであがき続けるクライヴの往生際の悪さにまた涙が出てきた。抱きしめた用紙が腕の中でクシャリと音を立てる。

たいがい彼も頑固だ。

命を懸ける覚悟があるのなら、あがく勇気も出るだろうと彼は言った。

嵌められた足枷の重さも分からなくなった自分のどこに勇気が残っているというのか。

恋に逃げても、誰も救われない。

彼も島を出ればきっと気がつく。アリーナとの恋は一過性の熱病みたいなものだと。島に居る時には見えなかったことも、自国へ帰ることで見えてくるに違いない。彼には背負うべきものがある。アリーナとは住む世界が違うのだ。

王子である彼について行って、その先はどうなる。彼はいずれ然るべき女性と結婚し、王になるのだろう。その時、アリーナの居場所はあるのだろうか。

彼はたった一人の妻にアリーナを望んだ。だが、果たしてそんなことが可能なのだろうか。王は多くの妃を迎えると聞いたことがある。彼が自分以外の女性と肌を重ね、家族を持つことに耐えられるのか。仕方がないことだと思えるだろうか。

結局、クライヴがどんな目的でシレイニ島にやって来たのかも分からずじまいだった。彼はオルガのような略奪はしなかった。その代わり、アリーナの心を奪っていった。

（こんなにも好きなのに）

あの穏やかで優しい目をもう一生見ることがないのだと思うと、悲しくてたまらない。クライヴが島を出て行ってしまう。今生の別れになるのだと思うと、胸が潰れそうなほど辛い。

彼を選ばなかったことへの後悔が涙を押し上げてくる。

落胆と失望がアリーナを急き立てた。

せめて、あと一度だけ彼に会いたい。

帰ってしまう前に、遠目からでもいいからクライヴの姿を見ておきたかった。

アリーナは急いで服を着ると家を飛び出し、保管庫へ走った。

これほど必死になって走ったのは、あの日以来だ。薄闇でも分かる、いつもはなだらかな水平線に一隻の船が浮かんでいた。クライヴを迎えに来た船だ。

（待って、まだ行かないで！）

どうか遠ざかって行きませんようにと祈りながら、夢中で道を走る。ようやく保管庫が見えてくると、海風に乗って草笛の音が聞こえた。

(居てくれた……)

だが、今度こそ本当に帰ってしまうことを痛感させられた。

(嫌、嫌。行かないで、離れたくない)

彼への尽きぬ想いが新たな涙を溢れさせた。

本当は側に居たい。愛してるの――ッ。

あんなにも早く保管庫へ行きたかったはずなのに、クライヴの姿を見た途端、ぴたりと足が止まった。

この先には行ってはいけない。体がそう判断したのだ。

島に残ると決めた以上、駆け寄ってはいけないのだ。

クライヴは海を眺めているのか、アリーナの存在にまだ気づいていない。

月明かりに輝く緋色の髪が美しかった。

(あぁ……、なんて綺麗な人なの)

あれがアリーナの愛した人なのだ。そして、アリーナを愛してくれた人。

(お願い、こちらを見て)

最後だから、彼の顔が見たい。

切なる想いが通じたのか、クライヴがこちらを見た。

(あ……)

目が合った瞬間、心が囚われた。急に後悔が膨らんで、恐ろしさがこみ上げてきた。

クライヴがこちらへ駆けてくる。

（来ちゃ駄目……）

慌てて踵を返すも、焦ったせいで足がもつれた。急いで立ち上がり、逃げ出そうとした時にはクライヴに捕まっていた。後ろから伸びてきた腕が腰を攫い、抱きしめた。

「アリーナッ」

「違うのっ、み…見送りに来ただけ。私は……ッ」

「アリーナ、愛してる。愛してる。愛してるよ、アリーナ」

「クライヴ、やめて！」

「駄目だ、どんな理由だろうと君は来た。それが答えだ」

「私は――」

軽々とアリーナを担ぎ上げると、クライヴは保管庫へと歩いて行く。どれだけ四肢をばたつかせても歩みが止まることはなかった。

「クライヴ！」

「なら、俺が嫌いだと言え。顔も見たくない、愛してないと言ってみろ」

「そんなっ」

中に連れ込まれると、物資の箱の上に下ろされた。

「どうした、言わないのか？」

「な……んでっ、――お願いよ、分かって」

逃げ出さないよう覆い被さってきたクライヴを直視できない。顔を見てしまえば喉元まで出かかっている言葉が口をついて出てしまいそうだ。

私を連れて行って。と言ってしまいたくなる。

「分からないね」

懇願を一蹴し、クライヴが積み荷の中から何かを取り出した。見慣れたそれは酒だった。クライヴは歯で栓《せん》を抜くと、そのまま呷った。訝しむアリーナを見下ろす眼差しの冷淡さにぞくりと戦慄が走る。その直後だった。

「ん、んん――ッ!!」

口づけと同時に、酒を流し込まれた。口腔に広がる濃厚な香りに、首を振って抵抗するもクライヴの口づけは止まない。口端から零れ出た酒にかまうことなく、彼は再び酒を呷り、アリーナへ注いだ。

「や……んぁ、やめ……てっ」

絶えることなく流れ込む液体に、徐々に意識が朦朧としてきた。視界がぼやけてくると、彼が何を言っているのかも聞き取れなくなる。

「だ……め、島に……ブラドが……。オル…ガに……」

意識が途切れる前、クライヴの声を聞いた気がした。

「――ごめん」と。

第三章　壊れた心

横殴りの雪の中、門柱を王家専属の馬車が通り過ぎていく。前に一台、後方に二台。

エクセリール国第一王子の帰還にしてはわびしい行列だった。

正面玄関でクライヴを出迎えるのは、エクセリール国宰相を務めるルターだ。

老齢ながらも細い双眸は眼光鋭く、理知的な顔立ちに黒々とした顎鬚《あごひげ》を蓄《たくわ》えた男は、許された者しか身につけることのできない緋色のマントとつま先まで隠れる漆黒色をした衣装を纏っていた。

王子不在の理由は、表向きは外交となっている。

「お疲れ様でした。この度の外交はいかがでございましたか」

「問題ない。エクセリール国に変わりはないか」

馬車から降り立ったクライヴに頭を下げたまま、ルターが淡々と答えた。

「はい、すべて滞りなく。——して、そのお方は？」

クライヴは腕の中で昏々《こんこん》と眠り込んでいるアリーナを見遣り、目尻を緩めた。外套のフードを目深に被らせているため、ルターからはわずかな造形しか見えない。

「いずれ我が妃になる女だ。お前にも折を見て紹介しよう」

「これは、おめでとうございます」

「報告は後ほど聞く。今は彼女を早く休ませてやりたい」

「承知いたしました」

再び頭を下げ、クライヴ一行が王宮へ入るのを見届ける。完全に足音が消えたのを見計らい、ルターが顔を上げた。

(やはりシレイニ島へ行かれておりましたか)

ルターはゆるりと目を細めた。

☆★☆

クライヴがエクセリール国に帰還して半月ほどが過ぎた。それは、アリーナが囚われの身になった分の時間でもあった。

どれくらい眠っていたのだろう。はっきりと頭が覚醒した時は、すでに王宮の中だった。豪奢な内装の部屋で堂々と存在を示しているのは真綿のように柔らかいベッド。壁には物語の一場面が描かれた絵画が飾られており、柱一本、調度品一つ、どれをとっても繊細で贅《ぜい》を尽くした高価な物ばかり。まさに王族が住むにふさわしい空間だった。

いつか見てみたいと思っていた王子様が住む王宮。

でも、現実はキラキラとした輝きなんて少しも無かった。

エクセリール国での生活は、アリーナが想像していた以上に何もかもが違う。どこの世界に迷い込んだのかと思うほど窓の外は一面雪に覆われ銀世界だ。初めて雪を見たアリーナはあまりの白さに、自分が天に召されたのかと思ったほどだった。

ここにはアリーナの世話を申しつけられた侍女がいて、何をするにも彼女たちが手を出してくる。かしずかれることに慣れていないアリーナには困惑するだけの存在で、早々にクライヴに外してくれるよう頼んだ。

『いずれ嫌でも侍女を持つようになるんだ。今のうちからかしずかれることに慣れておくべきだと思うがな』

渋い顔をしながらも、クライヴはアリーナの願いを聞き入れてくれた。が、十日も過ぎた頃にはまたアリーナに世話役がついた。正確には、見張り役だ。なぜなら、アリーナが彼の外出している隙を狙って脱走を図ったからだ。

クライヴはアリーナを寝室に軟禁し、必要なことはすべて世話役にさせるよう命じた。今やクライヴの寝室は、アリーナを囲う豪奢な鳥かごと化している。

「お願い、島へ帰して……」

か細い懇願が今宵も鳥かごに響く。

羽ばたくことすら許されなくなったアリーナはベッドに組み敷かれ、鳴き方すらもクライヴに調教されていた。

薄い寝間着をはだけさせられ、ねっとりと乳房の尖頂をなぶられている。生ぬるい肉厚の感触にぶるりと胴震いした。

「どうして……」

「アリーナ、また痩せただろ。ほら、いい子だからこれを飲め」

体を起こしたクライヴがベッド脇にある台に置かれた杯を手に取る。口元へ寄せられるも、アリーナは唇を固く閉ざして横を向いた。

「嫌、もうそれは飲みたくない。眠りたくないの」

「大丈夫だ、これは気持ちを静めるだけで眠くなる作用はない」

(それでも、嫌)

だが、無理矢理口移しで液体を流し込まれた。

「薬なんていらない。クライヴ、お願いよ。私を島に――、ンンッ」

どうにか唇を外しても、顎を摑まれ強引に唇を塞がれた。飲み込むまで終わらない行為に否が応でも嚥下《えんげ》させられる。すぐに意識が朦朧としてきた。

(やっぱり……)

眠くならないなんて、クライヴの嘘なのだ。ここ最近ずっと、彼はアリーナを眠らせようと躍起になっている。薬を飲ませるためだった行為に官能が混じると、途端に体は快楽

ソーニャ文庫
新刊情報
2016年9月
執着系乙女官能レーベル
Sonya
ソーニャ文庫
ソーニャ文庫公式webサイト http://sonyabunko.com
ソーニャ文庫公式twitter @Sonyabunko
裏面にお試し読み付き!
イースト・プレス

9月の新刊

愛よりも深く

姫野百合　イラスト 蜂不二子

とある高貴な男を誘惑するよう命じられた奴隷のアデル。教育係となったのは、苛烈なまなざしを持つ、ひどく寡黙な男。アデルは処女の身体のまま、毎夜、彼から与えられる快楽に溺れていく。彼女は予感していた。この男からはもう逃れられないことを……。

ここへ、おかえり

宇奈月香　イラスト ひのもといちこ

陰惨な事件の後、とある孤島でたったひとり、弔《とむら》いと償いの日々を過ごしていたアリーナ。そんな彼女の前に、陽気な青年クライヴが現れる。まっすぐに好意を向けてくる彼に翻弄され、淫らな夜を重ねるアリーナ。だが、二人は互いにある秘密を抱えていて……。

次回の新刊　10月5日ごろ発売予定

蜘蛛の見る夢（仮）	丸木文華	イラスト：Ciel
十年愛（仮）	御堂志生	イラスト：駒城ミチヲ

に反応した。あらわになったままの素肌をゆっくりと撫でられる。

「ん……」

首元から鎖骨、そして乳房を辿る指の感覚に、意識が引っ張られる。その指に股奥をくすぐられれば、自然と脚が開いていった。

「クライヴ……今夜は…もう嫌」

「こんなにしてるのにか？　可愛く吸いついてくるぞ？」

「や……ぁ」

慣れた仕草で蜜穴に潜り込んできた指の刺激に上半身が軽く強ばった。が、すぐに始まった手淫にゆっくりと弛緩していく。

「あ……ん、ん……っ」

アリーナの声に抵抗の気配がないことを見てとって、クライヴが下衣をくつろげ形を変えた欲望を秘部へとあてがった。

「あぁ……あ」

「……ッ、すごい…な」

はっ…と短く息を吐き出し、欲情に満ちた感嘆を零す。アリーナの左手首に手を伸ばし、ブレスレットを撫でた。

「アリーナの中は何度入っても小さくて狭くて、処女みたいだ」

緩急をつけて奥を穿たれる。抱えた下肢に口づけたクライヴが嘯いた。

「今夜こそ眠らせてやる」

「もう眠りたくない……。怖い夢……見たくな…い——……」

意思に反してどんどん沈んでいく意識に抗えない。

「大丈夫だ、怖い夢は見ないよ」

アリーナは嘘だと首を振った。

まだ彼の言葉が本当になったことはない。それでも、揺さぶられる心地よさに体の内側がじん…と痺れた。

あぁ……、今宵もまた墜ちていく。

中でクライヴが達したのを感じながら、アリーナは眠りの淵《ふち》まで沈んだ。


空が赤々と染まっていた。

あれは大地を焼く炎の色なのか、それともアリーナから噴き出した血飛沫《ちしぶき》が視界を血色に染めているだけなのか。

阿鼻叫喚《あびきょうかん》が聞こえる世界に充満する腐敗臭。そぞろ歩く島の景色は一面トウビ畑だ。海風に煽られ轟々と唸りを上げていた。

「ごめんなさい……、ごめんなさい」

どれだけ詫び続けても、許されることはない。

――お前のせいだ。


聞こえた恨み言に足が止まる。耳を塞いで蹲った。

エクセリール国に来てからは、あの日の夢を頻繁に見るようになった。最近では、自分が見ているものが現実なのか泡沫《うたかた》のものなのかも分からない時がある。

ブラドを育てることはアリーナの足枷であると同時に、魂の救済でもあった。が、島から連れ出されたことで、心は急速に恐怖心へと呑み込まれていった。


――なぜ殺した。なぜ教えた――。


お願い、責めないで。これ以上怒らないで。

「ひ……っ、く、う……うぅ……」

十一歳の姿をしたアリーナは泣きじゃくりながら、足下に落ちている石を拾い、積み上げた。いつからだったか、そうすることで声が弱まるのを知ってからはずっと作り続けている。

これは、みんなの墓標《ぼひょう》だ。

こんなことをしても誰も許してくれないと分かっていても、糾弾する声を止める術はこれしか知らない。悔恨と自責の念がアリーナをじわり、じわりと追い詰めていく。

怖い、帰りたい。

もう誰も犠牲にしたくないの。

けれど、アリーナの願いは叶わない。

「アリーナ」

ほら、また私を引きとめる声がする——。

☆★☆

「……ん、——ッ!?　しまった」

消えたぬくもりにハッと目が覚めた。

眠っていたはずのアリーナがいない。クライヴはベッドから飛び起き、部屋を飛び出した。

(くそッ、どっちへ行った!?)

左右を見渡し、直感だけを頼りに左側を選んで駆け出した。手にはアリーナのローブ。

きっと今夜も寝間着のままさまよっているに違いない。

(どこだ……ッ)

もし、階段を踏み外していたりでもしたらと思うと、気ばかりが急く。と、視界の端に蹲っている小さな人影を見つけた。

——居た。

ホッと安堵に胸を撫で下ろし、歩みを緩めた。アリーナを動揺させないようにできるだけ静かに近づけば、彼女は緩慢な仕草で手を動かしていた。

「ごめんなさい、ごめんなさい……ローザ」

(あぁ、また石を積んでいるのか)

シレイニ島から遠く離れたエクセリール国の王宮に居るのに、アリーナにだけ見える光景があるのだ。

クライヴはそっとその手を止めた。

「アリーナ……。さぁ、戻ろう。もう石は積み終えただろう」

「……ぁ…」

「大丈夫だ。もう……十分だ」

エクセリール国に連れてきてから、徘徊の頻度が増した。

(無理矢理島から引き離したのがまずかったか……)

持ってきたローブで彼女の体を包む。すっかり夜の冷気で冷えた体は島に居た時よりも細くなった分、心許ない。

ぼんやりと前を見つめる目は虚ろで何も映していないように見える。

それでも、見えているのだろう。石の墓標が無数に点在する、あの廃村の光景だ。

折れそうな儚さがたまらなくなり、思わず胸の中へと掻き抱いた。こんな苦悩を味わわせたかったわけじゃない。

抱き上げるたび、軽くなった重みに胸が詰まる。部屋へと戻り、ベッドへ横たえた。掛布を掛け、髪を撫でながら「大丈夫。アリーナ、もう大丈夫だ」と囁き続けているうちに、細い寝息が聞こえ始めた。

今度こそ眠りについたことに安堵する。

「よかった……」

一息つけば、やってくるのは重たい疲労感だ。ベッドの端に腰掛けてくしゃりと髪をかき回すと、ため息が出た。

(――まいった)

そして、さすがに疲れた。戻ってきてからというもの、まともに眠れていない。アリーナが寝付かない間はクライヴもまた眠れないからだ。かといって、彼女を誰かに任せるつもりもなかった。

寝室の扉を叩く小さな音がした。

「誰だ」

「私です」

グレイスだ。この時間まで執務をしていたのか。

「いい、入ってくるな。俺がそちらへ行く」

本音はアリーナの横に潜り込み、彼女を抱きしめながら眠りたいところだが、過ぎた疲労感が妙に神経を高ぶらせている。ベッドに入ったところで寝付けないまま朝を迎えるのが関の山だ。ならば、グレイス相手に酒を飲むのもいいだろう。

気怠い体を押して、クライヴは静かに寝室を出た。

執務室へ入れば、気を利かした相棒がグラスに酒を注いでいるところだった。

「今宵もですか？」

「あぁ、もう薬も効かないようだ」

倒れ込むように執務椅子に座ると、グレイスが琥珀色に満ちたグラスを目の前に置いた。一気に呷れば、喉を焼く熱に一瞬、頭の芯まで痺れた。

もうどれだけ抱きつぶしても、どんな薬を飲ませても徘徊は止まらない。

アリーナには催眠作用はないと言ったが、まったくの嘘だった。常用の副作用を考慮し、危険性のないものを厳選して与えていた。

――なぜなんだ、アリーナ。

よかれと思った行動が今、アリーナを壊そうとしている。

彼女はいつの間にかベッドを抜け出し、朦朧としながら王宮の中をそぞろ歩く。謝罪を繰り返し、唐突に立ち止まるとおもむろに石を積み上げる仕草を始めるのだ。

金と銀が混じり合ったような不思議な髪色のせいもあるのだろう。今ではやつれていくアリーナを気味悪がり、悪魔に取り憑かれていると囁く不届き者まで現れる始末だ。

「医師の診断は？」

「島へ戻すのが望ましい、とのことです」

「駄目だ。それでは何の解決にもならない」

「ですが、このままでは心が壊れるのを待つのみです。彼女は心の傷が生み出す恐怖心に囚われているのではありませんか？」

囚われ、の言葉にふと思い当たることがあった。

（ローザか……）

徘徊するアリーナが必ず口にする名だ。だが、不思議と覚醒している時にはその名を口にしない。

「足を引っ張るだけの、ほとほと面倒な娘です」

「あれを悪く言うな。彼女はロイス公爵の一人娘アリーナだ」

グレイスの愚痴《ぐち》を諫めつつ、深く息をついた。

それは、あの島の廃墟となった集落の一軒で見つけた長老の手記を読んだ時に知った情報だった。衝撃を受けたクライヴは思わず動揺から涙を流してしまい、アリーナに心配された。彼女はそれを漂着したことの不安だと思っていたようだが、もとより船が難破したこと自体が嘘なのだ。あの島でクライヴはいくつ彼女の優しさに触れただろう。

「でしたらなおのことではありませんか。ロイス公爵家の生き残りなど危険分子にほかなりません。それでなくとも、民たちの現国王への不満は限界に達しようとしているのです。

もし、このことが知られればどうなるとお思いですか？　ナタリア女王を殺した罪人の娘のことを、議院はおろか民も黙ってはおりません」

真実を知らないままなら、クライヴも同じ考えだっただろう。

母の従兄であったロイス公爵はクライヴと同じ緋色の髪をした、優しくおおらかで、鷹揚とした頼もしさを持つ尊敬できる人だった。彼がクライヴの母であるナタリア女王を殺害するまでは、親代わりとなりよくしてくれた。

母とロイス公爵は互いを「兄」「妹」と呼び合う仲だったからこそ、十五年経っても彼が母を殺したとは思えないでいたのだ。

（まさか、あの事件にそんな真相があったなんてな）

政略結婚でエクセリール国にやって来たマーディ国第二王子フィランダ。

緋色の髪を持たない男が王位に就いた背景には、表に出ることの無かった彼の奸計《かんけい》が潜んでいた。

そして、クライヴが第一王子でありながら、王太子であることを現王に認められない理由も、そこから来ていたのだ。

オルガの悪事を暴くために潜入した島に、王を退位させるための切り札が眠っていたなど、予想もしていなかった。

だが、それを裏付ける証拠は一つも無い。手に入れたカードを確実のものにするには、証拠が必要だ。だから、これについてはまだグレイスにも話していなかった。

（俺が動くしかないだろうな……）

王位を揺るがす事案だ。慎重を期すに越したことは無い。

「そうならないためにも厳重に保護しているだろ」

「監禁の間違いでしょう」

ものは言いようだと逆に諫められ、渋々閉口した。

誰にも見せず、どこへもやらず、クライヴを愛するためだけに存在する愛しい人。壊れていこうとも、今彼女が呼ぶ名は自分の名以外にない。常軌を逸した行動だろうと、現状に仄暗い悦びを感じずにはいられなかった。

「それよりも、シレイニ島産のトウビ草を扱う人間はまだ見つからないのか」

あの赤みがかったトウビ草がどうにも気になる。

トウビ草は島の唯一の交易源だ。流通させるにも仲買人が居たはずだ。

シレイニ島のことは長老の手記であらかた把握できたが、積極的に諸外国と交易をしていなかった島の状況を考慮すると、よそ者がその役目を務めていたとは考えにくい。島の誰かか、もしくは島を出た元住人が請け負っていたと考えるのが妥当ではないだろうか。

クライヴは、その者があのトウビ草について何か知っているのではないかと考えていた。

「俺を気遣う暇があるなら、情報を持ってこい」

今はそれがなによりの活力剤だ。

疲れた顔で目頭を押さえた。

「クライヴ様もお節介はほどほどになさいませんと、御身に障《さわ》ります」

「これくらい平気だ。だが、アリーナにはいつまでもこんなことを続けさせるわけにはいかないな……」

アリーナはまだ自分の徘徊に気づいていない。

「いっそブラドを服用させてみてはいかがですか？　娘が望む幻影が見られれば、気が済むやもしれません」

「グレイス」

嘲笑めいた口調を、怒気を孕んだ声で一喝した。

ブラドがもたらす結末を嫌になるほど見てきた者とは思えない失言だ。疲労と寝不足と、相手がグレイスであることで感情が上手く制御できない。むき出しの憤りに、グレイスがわずかにひるんだ。

「……申し訳ございません」

「二度と言うな」

「でしたら、なおのこと娘を使い、オルガを探し出すことが先決です。そのために島から連れ出したものだと思っていたのですが、違うのですか？」

グレイスには島での惨劇については話してある。その流れでアリーナがロイス公爵一家の生き残りであることも伝えていた。

「娘が完全に壊れてしまえば手がかりも潰えてしまいます。ブラドの行方は分からずとも、オルガを知る人間が居た。クライヴ様、これは千載一遇のチャンスなのです。私たちの大義に比べれば、娘の事情など取るに足らないことではありませんか。あなたができぬとおっしゃるのであればその役目、私がいたしましょう」

「駄目だ！」

間髪を容れず叫べば、グレイスが目を眇めた。

「随分な入れ込みようですね。正直驚きました。それほどまでにあの娘が大事なのですか？　水を差すようですが、シレイニ島での生活はある意味特殊だったと言わざるを得ません。一組の男女が同じ場所で暮らすことで心を通じ合わせるのは自然の理《ことわり》というもの。果たしてそれが本物といえるでしょうか。種を残すという本能が求める結果だとは思われないのですか？　あなたが心を配るほど、あの娘が魅力的な存在だとは私には思えません」

「黙れ」

「いいえ、言わせていただきます。クライヴ様こそ我々の本懐をお忘れになっているのでは？」

睨まれ、言葉に詰まった。

「――忘れてなどいない」

無残な仲間の死を忘れたりはしない。

「そうでしょうか？」

だが、グレイスはなおも猜疑《さいぎ》の目を向けた。

グレイスの言葉を論破できないのは、客観的に見た冷静な分析だと納得させられたからだ。この恋が環境の産物だと言われたら否定はできない。

島を出てしまえば、シレイニ島がどれほど特殊な環境であったかを痛感させられる。あそこは楽園だったのだ。世界から隔離された孤島にアリーナと二人きり。海と山に囲まれたのどかな暮らしはクライヴにそれまでの苦悩を忘れさせてくれた。

幼い頃から続く、父フィランダとの確執が嫌でたまらなかった。王宮を飛び出し、仲間と共に外での活動に力を入れていたのも、シレイニ島へ先陣を切って潜入したのも、エクセリール国から離れたかったからだ。

そんなクライヴを警戒しながらも、アリーナは自分を気遣ってくれた。ころころと変わる表情と向けられる優しさに、渇いた心は潤っていった。彼女がくれる居心地の良さにクライヴは甘えていたのだ。

すべてを投げ出して、あのままアリーナと二人島で暮らしてもいいと本気で考えたこともあった。けれど、アリーナがそんなクライヴを叱咤した。

なにより、この身に流れる王家の血が愛国心を捨てることを許さなかった。

ブラドが民たちの間に広まるのは時間の問題だろう。大国と謳われるエクセリール国であろうとも、国内の脆弱《ぜいじゃく》さにつけ入れられれば、ひとたまりもない。

無用な犠牲者を出さぬためにも、オルガの捕縛が必須なのだ。

表向きは病による療養ということになっているが、今、エクセリール国の舵を取っているのはフィランダ王ではなくルター宰相だ。父は後宮に籠もったきり、もう長い間姿を見ていない。訪ねようにも、クライヴが面会を許されることはなかった。

母とロイス公爵を貶めてまで手に入れた王座だったが、それからの未来を父は見ていなかった。目的を果たしたことで満足してしまったのだ。

フィランダ王の見当違いな政策は瞬く間に国庫を枯渇《こかつ》させ、国民に不自由を強いた。風当たりがきつくなると、フィランダ王は政務を放棄し後宮に籠もるようになった。

ならば、王位をクライヴに譲ればいいものを、嫉妬深いフィランダ王は頑なにそれを拒んでいた。彼は十五年経ってもまだ、クライヴのことをナタリアがロイス公爵と不義を働いた末の子供だと信じているからだろう。

フィランダ王は、自分によく似た男子をもうけようと躍起《やっき》になっている。

強情で、あまりにも稚拙《ちせつ》で愚かだと思った。

しかし、退位はもはや避けられない。

「アリーナのことは俺に任せてくれ。間違っても彼女の心を惑わすことは言うなよ」

「どうなさるおつもりですか？」

理由は違えども、自分たちもアリーナもオルガと決着をつけない限り先には進めない。

鍵になる存在は、おそらくローザだ。

自分はエクセリール国を愛している。それと同じくらいアリーナとの未来を望んでいるのだ。愛した女も幸せにすることができずに、国を導けるはずがない。

「クライヴ様、どちらへ？」

ぐいっと酒を飲み干し立ち上がると、グレイスが怪訝そうな目を向けた。

「寝るんだよ。まだ夜明け前だぞ、お前もそうしろ」

そのためにもまずは英気を養わなくては。

開き直ってしまえるのも、蓄積した疲労で気が大きくなっているからだろう。

それでも、今はこれ以上の方法などクライヴには思い浮かばなかった。

☆★☆

翌日、アリーナがクライヴに連れて来られたのは、王宮の中にあるガラス張りの温室だった。

窓の外は相変わらず一面の雪景色。生成り色をした建物の外壁と雪の白さが織りなす光景は幻想的で、美しかった。

けれど、今のアリーナの心には響いてこない。

島を出てからずっと続いている恐怖心とみんなへの懺悔《ざんげ》。いつ、島にアリーナが居ないことをオルガに知られるだろうという緊張感にすっかり心も体も疲れてしまっていた。頭が朦朧とするのも、そのせいなのだろう。

自分の体なのに、心だけが違う場所へ行ってしまったような不思議な感覚が終始つきまとっていた。

「気分はどうだ？」

そう言ってアリーナを気遣う彼にも疲労の色が窺える。

「私のことよりも、あなたの方が疲れて見えるわ。何かあったの？」

「何か、か。……そうだな」

石造りの腰掛けにアリーナを座らせると、クライヴがその前に跪《ひざまず》き、両手を取った。視線を同じ高さに合わせた彼の表情は真剣で、眼差しも真摯だ。

「……ここには誰も居ないのね」

「人払いをさせたからな。人の気配が無いのは嫌か？」

「ううん。そうじゃないの」

言って、アリーナはわずかに視線を下げた。その拍子に、肩から髪が一房零れ落ちる。

「居ない方がいいなと思って。みんな私を見ると怯えるんだもの」

侍女たちの表情にアリーナに対する畏怖があると気がついたのは、いつだったろう。

いったい自分は彼女たちに何をしてしまったのだろう。最初は髪の色のせいだと思ったが、それだけではなさそうだった。

「アリーナ、少し大事な話をしたいんだ。ゆっくり話すからよく聞いてくれ」

神妙な面持ちのクライヴが、少しだけおかしかった。

「なぁに？」

くすくすと笑えば、「真面目に聞けよ」と窘められた。

「アリーナ、俺に力を貸してくれないか？」

笑みを止めて、クライヴを凝視した。

（彼に出会った時も、こんなふうに助けを求められたっけ）

「今、エクセリール国の貴族たちが奇怪な死に方をする事件が多発している。彼らはブラドと呼ばれる麻薬を常用していた」

（ブラドが麻薬ですって……？）

顔色を変えるアリーナを、クライヴもまたじっと見つめていた。

（そんなはずないわ。だって長老はどんな病でも癒せる薬とおっしゃったもの）

「ブラドを使い、国に混乱を招こうとしているのがオルガだ。だが、俺たちはオルガの人物像をまるで摑めていなかった。それほどオルガは狡猾で周到な人物なんだ。——アリーナ、大丈夫か？」

顔を強ばらせるアリーナを宥めるように、クライヴが繋いだ手の甲を指で撫でた。

「島に着いた時、俺は君に二つの嘘をついた。漂流したことと、自国を偽ったことだ。シレイニ島にブラドがあるという情報は、仲間の一人が命と引き替えにもたらしてくれたものだった」

「命と……？　それじゃ、死んだ仲間というのがその人なの？」

彼の言った希望というのは、仲間が託した情報のことだったのか。

「そうだ。だからこそ、俺たちは何としてでもオルガを捕まえたい」

クライヴもオルガに仲間を殺されていた。

どれほど悔しかっただろう。

クライヴが味わった無念が自身の思いと重なって、涙は勝手に溢れてきた。

「だからシレイニ島へ来たの？」

「――そうだ」

「でも、ブラドは無かった。その代わり、島にはオルガを知る人間が居た。私を利用しない手はないと考えたのね」

夢を叶えてやると言った言葉には、彼の思惑があったのか。アリーナをエクセリール国に連れて行くことで、オルガを見つけさせようとしていたのかもしれない。

「――打算があったことは否定しない」

クライヴはオルガとは違うと思っていたのに、やり方は違えど、アリーナにしていたことは大差なかったのだ。

（私、また騙されていたの……？）

それでも、アリーナは彼を愛した。今更嘘だったと言われても、アリーナの想いは本物だ。

「私を好きだって言ったのは、利用するため？」

自分でも驚くほど柔らかい声音だった。クライヴがハッと顔を上げる。アリーナから苦笑が零れた。

「ずっと不思議だった。どうしてあなたが私のことを好きだと言うのか。だって、私はあなたに愛されるようなことは何一つしていないわ。海を見て黄昏《たそが》れるあなたを不憫に思いながらも、早く島を出て行ってくれないかと願ってた」

「俺は君を愛してる」

でも、情報を引き出す機会を窺ってもいた。

(否定しないのは、そうだからでしょう?)

やりきれなさから、力なく目を伏せた。

「――詰ってくれてかまわない」

嘘をついてくれない彼の誠実さに、また涙が溢れてきた。理由があって島に来たとしても、アリーナに近づいたことだけは、何の魂胆もなかったと言って欲しかった。

「自分勝手は百も承知だ。でも、――聞いてくれ。俺には君が必要なんだ。アリーナが居ない時間なんて考えられない。君を助けたいんだ」

ひどい告白をされたのに、それ以上に重ねてくる言葉に喜びを感じてしまうのだから、恋は確かに心惑わす魔法だ。

ギュッと強く手を握り直された。

「オルガを捕らえれば、ローザも救うことができる」

思いがけない言葉に一瞬呆けた。どうして彼が、ローザが囚われの身であることを知っているのだろう。

するとクライヴが痛ましげに表情を歪めた。

「気づいてなかったのか？　君は時々、あの村を歩き回りながら延々と詫びていた。〝ごめんなさい、ローザ〟そう言いながら彼らのための墓標を建てているんだ。おそらく事件のあったあの日からずっと」

それに気づいて、自分は寝室までアリーナを運んでいた、と彼は言った。

聞かされた言葉にアリーナは凝然となった。

「村で……？　墓標って……」

クライヴは言いにくそうに一度視線を外した。それから再びアリーナを見つめ「寒くないか？」と腕を撫でた。

(全部知っていたのね)

すとん、と心がどこかに落ちた気がした。必死に隠してきたことが、全部無駄だったのだ。

自分の犯した罪を知られたくなかった。それ以上に、彼を巻き込みたくなかった。

でも、クライヴもオルガとの因縁を持っていたのだ。

「――徘徊には気づいてたの。時々おかしな場所で目を覚ましていたから。でも、島には徘徊した形跡はどこにもなくて。……でも、村に行っていたのなら気づけないはずだわ。

クライヴ、教えて。私はみんなやローザに詫びながら現実でも石を積んでいたのね。……もしかして、今もそうなの？　それで毎晩薬を飲ませたのね」

「オルガを島に招き入れたのはアリーナだったそうだな。あの男は君に何をしたんだ」

「……それも手記に書いてあったの？」

オルガの名前に怯えると、クライヴが宥めるようにまた腕を撫でた。

ここは島ではない。けれど、アリーナは毎夜島の中をさまよい歩く夢を見ている。石を積む仕草も実際にしているのなら――。

声も出せないまま、涙だけがはらはらと零れた。

「だから、みんな私のことを気味悪がって……」

刹那、クライヴに抱きしめられた。硬い胸板に額を擦りつけるように後頭部を強く押さえつけられる。

「一人で秘密を抱える必要なんてもうない。俺が居る。君を苦しみから救いたいんだ。――ローザはオルガに囚われているのか？」

涙を零しながら頷いた。

「アリーナ、俺の目を見るんだ」

涙で濡れた頬を両手で包み、顔を上げさせた。

「島民はアリーナ以外すべて殺されたわけではなかったんだな。オルガがローザを人質に取った理由は何だ」

オルガは誰にも話すなと脅した。

「オルガを捕らえればすべて終わる。ローザを助け出し、国を脅かす存在も消える。なによりアリーナ、君が苦しみから解き放たれる」

自分の世界はあの日からずっと同じ景色だった。みんなの妄執に怯え、糾弾に嘆き、ひたすら彼らのために墓標を作り続けた。赤々と燃える大地に空までが赤黒く染まり、それがみんなの流した血の色と混じり合い、世界のすべてが赤色になった。

ローザを救う手立てがあるのなら、何としてでも救って欲しい。

今度こそ間違いたくなかった。

「本当にローザを助けてくれるの……？」

弱々しい問いかけに、クライヴが呆れたような、それでいて柔らかい表情で言った。

「もちろんだ」

そんなことが実現するのだろうか。

彼の言うとおり、アリーナが協力することでローザが助かるのなら、どれほど素晴らしいことだろう。

最初は彼もオルガと同じ側の人間だと疑っていた。でも、悪党では無いと分かると、今度は巻き込みたくないと思うようになった。自分とかかわることで、クライヴが傷つけられるのが怖かった。

クライヴはいつも冗談半分で自分のことを王子だと言っていた。でも、すぐには信じられなかった。アリーナはクライヴについて何も知らなかったからだ。

でも、今は信じている。自分たちを取り巻く環境がそれを証明していた。クライヴはエクセリール国を愛し、オルガからこの国を救いたいと願う王子だった。

見つけた微かな光にアリーナは希望を見た。

——すべて話そう。

彼ならきっとローザを救ってくれる。この国の王子である彼ならオルガに対抗できる力を持っているはずだ。

「——ブラドよ。オルガは私にブラドを作るよう脅したの。そのために私はたった一人、あの島に残された」

震える声での告白に、クライヴが深く頷いた。

「詳しく話してくれるか？」

「ブラドはね、特別なトウビ草の蜜を何らかの方法で凝縮させたものなの。あなたが島で見た赤いトウビ草がそうよ」

難しい表情をしているところをみると、思うところはあったのだろう。

「手記にそのことは詳しく書かれていなかったのね。……でも、それも当然だったのかも。ブラドの製造方法は代々長老にだけ口伝えで受け継がれるものだもの」

そうとも知らず、オルガは島民たちを脅し、殺した。

「なぜ、シレイニ島にはそれが存在する」

「ブラドを作るのに必要なのは、不老不死の血肉。あの赤いトウビ畑の下にはオルガに殺された島のみんなが埋まっているの」

「な……んだって……」

目に見えて動揺するのも無理はない。アリーナもオルガに言われるまで知らなかった事実だ。

人の血肉を養分にして育つ植物が存在するなど、クライヴは想像もしていなかったに違いない。だが、島では万能薬と呼ばれていた物だ。相応の対価を払わなければ得られないのが真理というものではないのか。

「オルガはそれを知っていて、村を襲ったのか？」

「――いいえ。あの男はブラドの正体すら分かっていなかったわ。でも、何かの蜜からできているものだとは分かっていた。だから、そのすべてを知るためにみんなを脅したの。でも、誰も口を割らなかったのね。私が村へ行った時には、みんな殺された後だった……」

「じゃあ、誰が……」

言葉を途切れさせたクライヴが、アリーナを凝視した。

「君なのか……」

今更隠すこともできず、アリーナは視線を下げたまま頷いた。

「脅されたの。言わなければローザを殺すと脅されて」

「なんて奴だ……ッ」

吐き出した悪罵《あくば》は、怒りに滾っていた。

「ローザはそのまま人質として囚われたんだな。アリーナはブラドを作らざるを得ない状況に追い込まれたのか」

「――私が馬鹿だったの。長老にも言われたわ、オルガは危険な男だって。でも、私はオルガの嘘を信じてしまった……。ブラドで救いたい存在があると、あの男はそう言ったの。だから、父のためにと長老から渡されていたブラドを彼に渡してしまった。その時に服用の仕方も彼に教えたの。必ず少量ずつ使ってと言ったのに……」

告白に、クライヴはたまらないとアリーナを胸に抱きしめた。

「もういい。分かった。――十分だ。よく一人で生きていてくれた。恐かっただろう」

ねぎらいが心にしみた。また涙が溢れてくる。

誰もそんなことを言ってくれなかった。みんながアリーナを責めた。

けれど、クライヴだけがアリーナが生きていることを喜んでくれた。こんな自分でも生きていていいのだと肯定してくれた。

犯した罪が許されたわけでも無い。でも、ずっとのしかかっていた罪の重さが、少しだけ軽くなった気がした。

「……ぅ……あ、あぁ」

「もういい。もういいんだ」

声を上げて泣くアリーナを、クライヴはずっと抱きしめていた。

「オルガを見つけるために力を貸してくれるな」

たくさん泣いた後、改めて請われ、アリーナはゆっくりと頷いた。

「ありがとう」

ホッと胸をなで下ろしたクライヴが、もう一度アリーナを胸の中に閉じ込める。

「何があっても必ず守ってみせる。忘れるな、俺は最後までアリーナの味方だ」

心強い言葉にまた涙が溢れた。

「……ありがとう」

そこへ、クライヴ付きの近衛兵が躊躇いがちに声を掛けた。

「クライヴ様。グレイス様よりご確認いただきたい件があるとのことです」

「後にしてくれ」

「ですが、……火急の用件と申しつかっております」

「あいつ……」

間が悪い、と愚痴を零し腕の中のアリーナを見遣る。アリーナは「行って」と促した。

彼はアリーナのように暇ではないのだ。

泣き腫らした目を擦り、はにかんだ。

「私は大丈夫だから」

たくさん泣いたからだろうか。不思議と心が軽い。

オルガのこと、ローザのこと、そして自分が犯した罪のこと。アリーナが抱えるすべてのことを話した。その上で、クライヴはアリーナの側に居てくれることを誓ってくれた。

どうして軽蔑されるなんて思ってしまったのだろう。

(こんなにも愛されているのに)

彼の深い愛情がひしひしと伝わってくる。

目に映るものがすべて違って見えた。世界はこんなにも眩しかっただろうか。「本当に大丈夫か？」とクライヴが頬を撫でる。

端整な美貌に浮かぶ不安は、アリーナの身を案じているからだ。青い瞳が気遣わしそうに揺れる。

ずっと彼の側に居たのに、今初めて彼の存在を心が認識した。胸の奥がきゅっと苦しくなると同時に広がる喜びがあった。

クライヴへの恋慕が、ゆっくりと体中に染み渡っていく。それは、彼への愛で自分が作り替えられていくような不思議な感覚だった。

「彼をここに残して行く。戻る時は必ず部屋まで送ってもらうんだ。決して一人になるな」

過保護な命令に、アリーナは弱り顔を浮かべながら頷いた。

それでもまだ心配そうにしていたが、部下にアリーナを任せると温室から出て行った。

部下の男はアリーナと目が合った途端、慌てて視線をそらす。

彼もまたアリーナのことを気味悪がっている一人なのだろう。

他人からの嫌悪にチクリと心が重たくなるも、仕方のないことだと諦めた。自分はそれだけのことをしているのだ。

改めて外の景色を見遣った。雪が降っているというのに、この中はシレイニ島に居るみたいに暖かい。同じ海で繋がっていても、こうも気候が違うものなのか。

(なんて大きな国なの……)

アリーナは自分がいかに小さな世界に居たのかを思い知らされた。

ここはアリーナの知らないことばかりで溢れている。

オルガを見つける協力とは、どんなことだろう。もう一度、あの男と対峙することになるのだろうか。決して他言するなという約束を破ったアリーナを、オルガは許さないだろう。

(——怖い)

ぶるり、と背中が震えた。もし、そのせいでローザに危害が加えられることになったらどうしよう。そうしたら、今度はクライヴに協力したことを後悔するのだろうか。

無意識に手首のブレスレットを撫でた。

自分の目の前にはあと何本の道がのびていて、どれが最善の結果へと続いているのだろう。アリーナにとっての最善とはどれなのか。

分からないから、今感じる気持ちを信じた。

クライヴが希望の光になってくれる。そう思ったからこそ、アリーナはこの道を選んだ。

(どうか間違っていませんように)

みんなが幸せになれる道であると、今は信じるしかない。

その時、不意に入り口の方がざわついた。見遣れば、仰々しい数の近衛兵に囲まれた何者かが残された部下を押しのけ、入ってくるところだった。

(誰かしら?)

やって来たのは、白髪交じりの長い黒髪と顎髭を垂らした老齢の男だった。艶のない髪とそこから覗く皺と染みだらけの顔は男の年齢を分からなくさせている。痩躯な体型は見るからに脆弱そうだ。土色をした顔色も病的なものを感じる。男はやたら豪奢なガウンを肩から羽織っていた。

「お前がアレの連れてきた女か」

しゃがれた声で老人が言った。

「あなたは誰……?」

「ほぅ、わしのことを知らんとは。アレには閨《ねや》での躾しかされとらんと見える」

あけすけな物言いにカッと頬が熱くなった。

「おい」

男が傲慢な態度で近衛兵の一人に問うた。

「わしは誰だ」

「はっ、エクセリール国第十一代国王フィランダ様にございます」

唐突に果たされた謁見に、アリーナは凝然と国王を見つめた。

（この方が国王？）

言われなければとても分からなかった。なんて弱々しい姿なのだろう。これなら島の長老の方がよほど長《おさ》らしい。貧相な国王に言葉を失っていると「……ふん」と国王が鼻白んだ。

「どいつもこいつも、同じ目でわしを見る。黒の王と呼ばれたこのわしをだ。女、そんなにわしは国王らしくないか？」

「あ……、いえ」

感情が表に出すぎていたのだ。失態に慌てて俯いた。

（黒の王ですって……？）

聞き覚えのある呼び名に耳を疑った。それは、クライヴが語った話に出てきた空想の人物だ。女王から愛情を示されながらも、嫉妬から彼女を手にかけ、その罪を赤の騎士になすりつけた卑怯者。

（あれは、作り話ではなかったの？）

すると、骨張った手がアリーナの顎を掴んで上向かせた。すぐ目の前に病人のような顔があった。

「痩せ細ってはいるが、なかなかの美姫だな。女、これよりわしに仕えよ。アレよりも、うんと贅沢をさせてやる」

とんでもない申し出と、吹きかかる息の酒臭さに思わず顔をしかめた。

(酔ってるんだわっ)

「お、お止めください……。や……ッ!? 止めて！」

反対の手でいきなり乳房を鷲掴みにされた。ゾゾッと背中を這った悪寒に思わずフィランダ王を押しやる。アリーナの力でも王は簡単に後ろへよろめいた。

「貴様……ッ、わしを拒むとは何たる不届き者！ 万死に値するぞッ!! おい、貸せっ！」

激高する怒声と共にアリーナへ振り上げられた腕には近衛兵から奪った剣が握られていた。鞘に収まったままとはいえ、向けられた剣に体が震え上がる。頭を腕で庇ったその時だった。

「お待ちください!!」

制止を叫び、クライヴがアリーナたちの間に強引に体をねじ込ませてきた。が、フィランダ王は振り上げた手を勢いよく振り下ろす。鈍い殴打音に、クライヴの背中に庇われたアリーナは「ヒッ！」と体を強ばらせた。

「申し訳ありません、父上。この娘はまだ礼儀を知らぬ者なのです。これの非礼はすべて私が受けましょう。どうぞお怒りをお鎮めください」

「ならん！ 命令だ、今すぐ女を差し出せ。このわしが直々に礼儀を教えてやる」

「父上！」

「わしを父と呼ぶなっ！」

はぁはぁと肩で息をするフィランダ王とは反対に、クライヴはアリーナを背中に庇ったまま、身じろぎもしていない。打たれた痛みにすら動じることのない堂々とした佇まいだった。

「クライヴ……」

「いい、下がっていろ」

アリーナをさらに後ろへ押しやる。

「わしに歯向かうつもりかッ！」

「いいえ」

が、刹那。クライヴから立ち上る気迫にアリーナの全身が粟立った。思わずその場にひれ伏したくなる圧倒的な覇気がクライヴにはあった。

「どうぞ、ご容赦ください」

すごみを利かせた低音に、フィランダ王をはじめ近衛兵までもがたじろいだ。これこそが生まれ持った王たる気質なのだろう。

「……お前、オルガを追っているらしいの」

刹那、クライヴの体がわずかに強ばった。

「どこでその話を？」

「ふん、わしが知らんとでも思っていたのか。相変わらず小ざかしい真似をする。お前の大義が何になるというのだ。そうやってまたわしを笑いものにするつもりか」

「そのような懸念は無用でございます。オルガの捕縛は、ひいてはこのエクセリール国を導く父上の地盤を強固にし、さらなる安定を求めるがゆえのことです」

「しれたことを申すな！　その物言い、ますますナタリアに似てきた。口では何とでも言えよう。だが、どのような功績をあげようとも、誰もがお前を支持しようとも、わしはお前を絶対に後継者にはせん。いいな！」

　唾を飛ばしながら吐き捨てた言葉はクライヴへの憎悪に塗れていた。フィランダ王は忌々しそうに舌打ちし、背中に隠れるアリーナにまで睨みを利かせて去っていった。

　息巻く姿は大きく見せようと虚勢を張っているようにしか見えず、むしろ痛々しい。

　クライヴは拳を握りしめながら、フィランダ王の背中が見えなくなってもまだ、入り口を睨みつけていた。

　微かに震えている拳が、どれほどの悔しさを抑え込んでいるかを伝えてきた。

「クライヴ……」

　恐る恐るかけた声に、ふと彼の体から緊迫した気配が消えた。肩の力を抜き、振り返る。

「すまない。嫌な思いをさせた。――大丈夫か？」

「クライヴ、今の……」

　激しい敵愾《てきがい》心だった。父親が子供に向ける感情とは思えない。優しい愛情しか知らないアリーナには今見たことが信じられなかった。

「驚いただろ？　今では国王としての威厳もなくされてしまったらしい。もうずっと長い間、後宮から出てこなかったんだが……、突然何を思い立ったのか」

「国王はご病気なの？」

「――さぁ、俺にも分からない」

クライヴが苦笑した。

「俺は見ての通り、昔から父に嫌われているからな」

あんな目で子供を見る親を初めて見た。シレイニ島では村のみんなで子供を育てていた。全員が親代わりとなり、子供たちはたくさんの愛に包まれ育てられた。それはアリーナも同じだった。生まれは島の外であっても、一度島に根を下ろした者なら島民だと言って、アリーナたちを迎え入れてくれた。いたずらをすれば叱られ、逆にいいことをしたらたくさん褒めてもらえた。

「それでも、愛してくださる方も居たんだ。今はもう亡くなってしまったが、母ナタリアの従兄だったロイス公爵と、その奥方のアデラだ。公爵は俺と同じ緋色の髪をした素晴らしい人だった。母は家族よりも国を第一に愛する人で、俺はそのことが不満だったんだけど、ロイス公爵はそんな俺に国王としてのあり方を教えてくれただけでなく、アデラ夫人と共に俺に愛情をも与えてくれた。俺にとってかけがえのない人たちだった。親代わりだったんだ」

親子でありながらも、殺伐とした関係しか築けなかったクライヴの幼少期を思えば、胸が痛んだ。

「なぜ本当に欲しいものほど手の中から零れ落ちていくんだろうな」

零した呟きは、アリーナが抱いていた不安そのものだった。

平静を装っているものの、肩をそびやかした姿が寂しそうで、見ているアリーナの方が切なくなる。

「国王のことが心配なのね」

両親からの愛情を知らずに育ったけれども、きっと彼はこの国と同様に、家族も愛している。見限ることができれば少しは楽だろうに、できないからこそ苦しんでいるのだ。

「まさか。今更特別な感情なんてない」

強がる姿が肩肘を張る子供のようだ。

アリーナは腕を伸ばし、彼の頭を抱きしめた。

「嘘が下手ね。本当に無関心なら、そんなに辛そうな顔なんてしないわ」

父が生きていた頃、辛いことがあるとよくこうして抱きしめてくれた。

『大丈夫だよ、アリーナ。父さんはお前の味方だ』

涙が止まるまで、呪文のようにそう言い続けてくれた。悲しみに心が折れそうになる時は、体を包むぬくもりがいつだってアリーナを救ってくれた。

けれど、クライヴは家族の愛情を受けてこなかった。たくさんの仲間に囲まれながらも、妃を一人も持たなかったのは、無償の愛を信じられなかったからかもしれない。

大きな獣みたいな人だけれど、その本性は愛に飢えた雛鳥だった。

「大丈夫よ」

ありったけの労りを込めて、緋色の髪を撫でた。

「大丈夫よ、クライヴ。私はあなたの味方よ」

刹那、ビクリとクライヴの肩が震えた。それは、つい先ほど彼がアリーナにくれた言葉でもあった。

含み笑いをし、そっと彼の頭に口づけた。

「王子様だって疲れちゃう時くらいあるわ。だから、今は好きなだけ甘やかしてあげる」

アリーナを助けてくれると約束してくれた彼を、アリーナも助けたかった。今の自分にできることは、この身を使って彼を慰めることくらいだけれど、いつかきっと彼の役に立ってみせる。

ちゅっと小さなリップ音を立てて、二度、三度と繰り返す。頬で頭を軽く押しやり、わずかに見えた額にも口づけ、そこから瞼をすべり頬にも口づけた。青色の瞳にたまった滴が涙となってこぼれ落ちる前に吸い上げる。

クライヴはくしゃりと相好《そうごう》を崩すと、「——慰めてくれ」と縋りついてきた。

☆★☆

「付き合って欲しいところがある」

クライヴに連れてこられたのは、王都の大広場に設けられた巨大な市場だった。月に一度、こうして国中からさまざまな行商が集まり、市場を開くのだという。

「わ……ぁ、ここにある全部がお店なの？」

肉に果物、魚介類や野菜に衣類、宝飾品まである。果物だけでもいったい何種類あるのだろう。初めて見る市場に目を輝かせていると、隣で忍び笑いをする声がした。

フードを目深に被り、口元を布で覆った出で立ちは一見しただけではクライヴだとは分からない。アリーナもまたフードを被って髪色を隠していた。

クライヴの緋色の髪と同様、金と白が混ざり合った髪色は珍しくて目立つと言われたからだ。

「欲しいものがあるなら買ってやるぞ」

「いいの？」

「あぁ、俺も少し買っていきたいものがあるしな」

そう言って彼が向かった先は、お菓子が置いてある店だった。たくさんの種類の中から、クライヴは適当に指さし、持ってきた袋に詰めてもらっていた。

「そんなにたくさんのお菓子どうするの？」

「もちろん、食べるのさ」

「あなたが？」

クライヴが甘党なのは知っているが、彼が買った量はとても一人で食べきれるものではない。首を傾げると「後で分かるよ」と言われた。

その後も、市場の中を歩いて回っていると、「お嬢さん、一籠どうだい？」と声を掛けられた。

「え？　私」

「そうさね。他に誰が居るんだい。今年のベリーは特に美味しいよ！」

そう言って店主の女が手招きしてきた。促されるまま女の店へと近づく。籠いっぱいに盛られたベリーは、どれも新鮮そうだ。

「見たことない子だね。どこから来たんだい？」

アリーナのどこを見て来訪者だと分かったのだろう。びっくりしていると、「そんなたいそうな用心棒を連れて歩いてるくらいだからね」と、したり顔で後ろに立つクライヴにちらりと視線を向ける。

どうやら店主は彼が王子であることを承知しているらしい。

「可愛い子だろ？　俺の宝物なんだ」

「なっ!?」

慌てるアリーナの口を塞ぎながら、店主に向かって片目を瞑って目配せした。女の方も「そうかい、そうかい」と何度も頷いている。

「そういうことならお嬢さん、特別にうんとまけておくよ！　うちのベリーはジャムにしてもよし、生で食べてもよし、乾燥させて保存食にしてもよしの万能果物さ。ほら、一つ味見をしてごらん」

有無を言わせぬ勢いで口を開けさせられ、ゴロンとした大粒の果実を放り込まれた。噛みつぶした途端、口の中いっぱいに広がる甘酸っぱさが最高に美味しい。

新鮮な酸味と甘味に思わず目をぎゅっと瞑って、肩を震わせた。

「すごく美味しい！　私、乾燥させたものしか食べたことがなかったの」

「だろう？　ほぅら、欲しくなったんじゃないかい？　そちらの御仁に可愛く強請ってごらんよ」

「え？　でも……」

可愛く強請る、なんてどうすればいいのだろう。

後ろからは何やらものすごく期待の籠もった視線を感じる。恐る恐る振り返った。

「〝お願い、買って〟は？」

顔のほとんどを隠しているとはいえ、アリーナには分かる。きっとあの布の下にある口をニヤニヤとさせているに違いない。

（でも……）

ちらりとベリーが山盛りになっている籠を横目で見遣る。

あぁ、あれをもっとお腹いっぱい食べてみたい。

「――買ってもいい？」

外套の裾を摘まみ、小さな声で伺いを立てた。今のアリーナにはこれが精一杯だ。きっと頬はあのベリーと同じくらい赤くなっているはずだ。

そんなアリーナの頭をくしゃりとひと撫でした後、「いくらだ」とクライヴが言った。

「十三クナーだ」

「まけてくれるんじゃないのか？」

「まけてこれさ。本当なら十七くらいは欲しいところなんだからね。ここ最近、エクセリール国の税金が厳しくてね。いったいどうなってるんだい？」

「……すまん」

店主の不満にクライヴは渋い声を出した。

「いや、別にあんたがどうこうしてるわけじゃないのは分かってるさ。でも、気をつけな。よくない噂も耳にするからね。特にほら、――貴族の変死事件さ」

声を潜めたのは、周りに聞かれたくないからだろう。籠のベリーを袋に詰め替えたものをクライヴに手渡しながら話を続けた。

「その後くらいからだったかね。随分安価な砂糖を売って回る行商がいるんだ。私も直接会ったわけじゃないけど、『白すぎる砂糖だった』と見た者は言っていたね。胡散臭い男だったそうだ」

（白すぎる砂糖、――まさか）

思い当たる節にアリーナが表情を強ばらせた。クライヴはさりげなくアリーナを引き寄せ表情を店主から隠した。

「分かった」

袋を受け取ると、その手で硬貨を数枚渡した。明らかに提示された額よりも多い支払いにも店主は何も言わなかった。

「まいどあり！」

朗らかな声には先ほどの仄暗さはない。

「クライヴ……」

「行こう」

戸惑う肩を抱いたまま、クライヴが歩き出した。そうして、何軒か店を回っては店主と世間話をしているふうを装いながら、いくつかの情報を仕入れていった。

終わってみれば、クライヴが持っている袋には、ベリーに干し肉、ワインに茶葉、そして大量のお菓子が収まっていた。

そのほとんどが情報を仕入れるための目くらましで買った物だった。

市場を一回りする頃には、ブラドが民たちの間にも広まろうとしていることを知った。ベリー売りの店主が言った砂糖は、間違いなく粉末状になったブラドのことだ。すべてではないだろうが、確実に何割かは混入されているはず。

クライヴはあれを麻薬だと言った。そのせいですでに人が死んでいる。やはり、この地でのブラドはアリーナの認識とは違う代物になっているのだ。

商人たちから聞いた話は、ブラドについてだけではない。大国であるがゆえに王家の目が行き届かない場所もある。その点、市場には各地から行商が集まってくる。クライヴが彼らと交流を図り、それぞれの現状を聞き把握しようとしているのだ。彼らがクライヴの思惑と立場を知ってもなお詳細を話してくるのは、クライヴへの信頼があってのことだろう。

得た情報をもとに僻地《へきち》で起こっていた問題を解決したクライヴに、ある商人が礼を言っていた。

そんなクライヴの活動をフィランダ王は「小ざかしい真似」とあざ笑っていた。だが、本来なら王であるフィランダがすべきことであることくらい、アリーナにだって分かる。

責務を放棄しておきながら、クライヴを蔑み憎むのは間違っている。

王宮から眺めていた時には見えなかったが、こうして街へ下りてみると、そこここに衰退の兆しを感じた。すべて、フィランダが王位に就いてからのことだと言う。

だからこそ、民たちはクライヴに期待しているのだ。緋色の髪を持つ正当なる王位継承者である彼が必ずもう一度、繁栄へと導いてくれると信じているに違いない。

クライヴも彼らの切なる願いを感じているからこそ、力を尽くしている。ブラドの根絶もオルガを捕らえることも、すべては民たちが安心して暮らしていける場所を守るためだ。

「もう少し付き合ってくれるだろ？　アリーナに見せたい場所があるんだ」

クライヴに案内された場所は、広場の華やかさとはかけ離れた暗澹《あんたん》とした地区だった。

人の気配はするものの、その姿を目にすることはない。迷路のように入り組んだ建物はどれも貧相で、それでいて見上げるほど高い。建物の間の路地はかろうじて人が一人通ることができるくらいの細道で、建物の影がかかり薄暗かった。日が当たらないことで不気味さばかりが際立つ。疲れた顔で壁に寄りかかり蹲る者が居ると、クライヴは袋の中の食料を分け与え、声を掛けていた。

「クライヴ、ここ……」

「貧困層が暮らす地区だ」

殺伐とした雰囲気に思わず後ろを振り返ってしまう物騒さがある。

クライヴがアリーナの肩を抱き、足早にとある建物の中に入った。

途端。

「あ――っ、クライヴ様だぁ!!」

大勢の子供たちが一斉に駆け寄ってきた。手を引かれて歩くのがやっとの幼子から、アリーナとさほど変わらない背丈をした子供まで年代はさまざまだ。

クライヴは被っていたフードと布を外してから、袋の中からお菓子だけを年長の子供に渡し、残りは側に来た男へと渡した。柔和な顔立ちをした老齢の男だ。

「あ……、悪い。あっちの袋にベリーを入れたままだ。アリーナのだったのに」

しまった、と口を覆う彼のうっかりにアリーナは首を横に振った。

「今回もこのようにたくさんの品をありがとうございます」

「気にするな、俺が好きでしてるんだ。しばらく足が遠のいてしまって悪かった。皆に変わりはないか？」

「はい。おかげさまでグレイス様を始め、他の皆様も大変よくしてくださいます」

「そうか、だったらいい」

クライヴは目を細め、お菓子を貰って喜ぶ子供たちを眺めた。

「外の様子が違ったように思えたが、何かあったのか？」

男が表情を曇らせた。

「二週間ほど前ですが、行商が砂糖を売りに来たのです。ブラド糖という名前のもので、驚くほど安価な値段で売り歩いていました」

男の説明に、クライヴの眼光が険しくなった。

アリーナもまた「ブラド糖」の言葉に反応する。

「買ったりはしていないだろうな」

「はい。ですが、代物が砂糖ということもあり、飛ぶように売れておりました」

チッとクライヴが舌打ちをした。

「足下を見られたというわけか」

「……致し方ありません」

やりきれなさを吐く男の言葉が理解できなかった。

「どういうこと？」

外套の裾を引っ張ると、クライヴがふと表情を和らげた。

「クライヴ様、こちらは？」

「紹介しよう。アリーナだ」

そう言って、被っていたフードを外された。男の表情が驚愕に染まった。

「アデラ様……ッ」

男が口走った名に、アリーナは目を丸くした。

「クライヴ様、これはいったい……」

男の動揺にアリーナも困惑する。

「――あの？」

「いえ、失礼しました。私の知っている方にとてもよく似ておられたものですから……。申し遅れました。私はこの施設の院長を務めております」

院長は感慨深い様子でアリーナをじっと見つめた。

それほど自分は「アデラ」という人に似ているのだろうか。熱心な視線に落ちつかない気持ちでいると、クライヴが助け船を出してくれた。

「彼は以前、公爵家の執事をしていたんだ。君は亡き公爵夫人によく似ているんだよ」

「そうだったの……。もしかして、ロイス公爵のこと？」

問いかけると、二人の視線が集中した。

「あの……、この前クライヴがそう言っていたから。ロイス公爵とアデラ夫人が親代わりだと。だから……」

しどろもどろで答えれば、「そうだった」とクライヴが目を伏せた。

「公爵家には娘が一人居たんだが、幼くして亡くなったと聞いている。俺も一度だけ会ったことがあるが、碧色《へきしょく》の目をした愛らしい女の子だった。生きていればアリーナと同じ年頃になるだろう」

「アデラ様も旦那様もそれはそれは目に入れても痛くないほど、可愛がっておられました。お嬢様の名もアリーナとおっしゃったのです。ですから、てっきりアリーナ様が生きておられたのかと、叶わぬ夢を見てしまいました」

だから、院長はあんなにも驚いたのか。

(私とよく似た人の娘もアリーナ……。まさかね)

頭をよぎった推測を、アリーナは一笑に付《ふ》した。偶然にしてもできすぎた話だ。

「彼女はずっとシレイニ島という島で暮らしていたんだ。貧困とは無縁ののどかな島だ」

「でしたら現状をご理解できないのも致し方のないことでございます。ここは日々の暮らしもままならない者たちが住む地区です。多少いかがわしくとも安価であるなら、手を出しもます。しかも、砂糖ならなおのこと。ご覧ください、子供たちを。子を持つ親なら誰しもあの笑顔にさせてやりたいと願うものなのです」

向けた視線の先には、嬉しそうにお菓子を頬ばる子供たちがいた。

「貧しいばかりに辛い暮らしを強いられています。働きたくとも働き口が無い者、体を壊し働けなくなった者、理由はさまざまですが、貧しいのは彼らだけのせいなのでしょうか？」

投げかけられた問いに、アリーナは答えられなかった。

オルガに脅迫され生かされている状況に苦しいと嘆きながらも、飢えに苦しむことは一度もなかった。必要な物資は安定して供給されていたからだ。

「俺は必ずすべての地に光を当てる。子供たちが安心して暮らしていける国を作りたいんだ」

彼の思いに賛同した者たちがクライヴに力を貸している。彼は大勢の人たちに支えられながら、その力を正しく使おうとしているのだ。

彼の目はずっと先の未来を見据えている。光在る未来へ国と民を導こうとしていた。フィランダ王には彼ほどの決意も国への愛情もないのだろう。だからこそ、余計にクライヴの輝きが目障りで仕方がないのだ。

「おねーちゃん」

その時、足下に小さな女の子がやってきた。「どーぞ」と舌足らずな口調で手にいっぱいのせたベリーを差し出された。

「え……、くれるの？」

「どーぞ？」

貰ってもいいのか戸惑っている間も、少女から期待を込めた眼差しで見られていた。当惑しながらクライヴを見遣れば、「貰ってやれ」と優しく目配せされる。おずおずとしゃがんで少女からベリーを受け取った。

「……ありがとう。でも、いいの？」

コクリと頷く様子に苦笑が零れた。少女は今すぐ食べろと小さな手でアリーナの手を押して催促してくる。口に入れると「美味し～ね？」と微笑まれた。

純粋無垢な笑顔に心が震えた。

「本当、とっても美味しいわ……」

少女は満足そうに笑うと、みんなのもとへ駆けていった。

アリーナは洟《はな》を啜り、頷いた。

「……いいところだろ。ここはいつも優しさに満ち溢れている」

「ロイス公爵が居なくなってから、俺は嫌なことがあるといつもここへ来ていたんだ。子供たちの笑顔と笑い声に囲まれていると不思議と心が癒える。笑えるだろ？　こんな年になってもまだ、何かに縋らないと生きていけないんだからな」

「そんなことないわ。それは弱さとは言わない。父さんが言ってたもの。優しくできる人はそれだけで強いんだって」

純粋な存在に触れることで、心が洗われるのだろう。

「クライヴ様――ッ!!　こっち、こっち来てぇ～」

お菓子を配っていた一人がクライヴを呼んだ。どうやらケーキの切り方でもめているよ

うだ。

「何だよ、みんなで仲良く分けなくちゃ駄目だろう？」

「だって、だって!!　ニッチが自分だけ大きいの食べようとするんだもんっ」

「俺の方が年上なんだから、いいんだよっ」

「あ～分かった。じゃあ、こうしろ。ニッチが切って、みんなが先に選ぶんだ。これなら公平だろ？」

「えぇ～……」

ニッチがふてくされた顔をしていたが、大好きなクライヴの提案には逆らえなかったらしく、渋々ケーキを均等に切り分け出した。ケーキを配られた子供たちはどの子も美味しそうにそれを頬ばっている。アリーナにベリーをくれた子も年上の少女に手伝われながら一生懸命食べていた。

「アリーナ、君の分もあるそうだ。おいで」

――本当だ。ここはたくさんの優しさに満ち溢れている。

子供たちに囲まれ笑うクライヴの笑顔が眩しかった。

☆★☆

それから数日が過ぎた。

オルガを見つける協力を約束したものの、具体的なことは何も聞かされていない。

「ねぇ、私は何をすればいいの？」

相変わらず鳥かごの中の鳥のままで居ることに不満の声を上げれば、「まずは体調を万全にしろ」と言われた。

「ようやく夜も眠れるようになってきたんだ。それでなくとも、痩せて体力が落ちているんだぞ」

「でも、オルガはブラドを蔓延させようとしてるわ！」

街で聞いたブラド糖の話を持ち出せば、クライヴは渋い顔になった。

「私にできることは無いの？　何でもいいの」

「今はまだ無い。いい子だからおとなしくしていてくれ。間違っても勝手に城を出るなよ」

言い置いて、クライヴは迎えに来たグレイスと共に執務へ出かけていった。

「……ッ」

扉が閉まる間際、グレイスの薄茶色の双眸と目が合った。整いすぎた顔立ちと冷淡な視線は、それだけでアリーナを圧倒する。

(今、睨まれた……わよね)

彼女もまたアリーナを薄気味悪い存在だと思っているのだろう。

時間ばかりが無駄に過ぎていく。だが、クライヴはまだアリーナに何もさせてくれない。

協力を求めてきたくせに、なぜなのだろう。

悶々《もんもん》とするアリーナに不穏をもたらしたのは、初めて見る顔の侍女だった。

「いつもの人は？」

少しだけ不審に思っていると、お茶の準備をしていた女は「彼女は風邪を引いた」と答えた。

砂糖が入った瓶を開けると、いつもとは違う物が入っていた。角砂糖ではなく粉砂糖だ。だが、砂糖にしては粒子が小さくやたら白い。

どうして今日は角砂糖ではないのだろう。

顔を上げた時には、すでに侍女の姿はなかった。

いつもならアリーナが食べ終えるまで部屋に居るのに。

すべてに違和感を覚えながらも、スプーンに掬《すく》い紅茶に混ぜる。まさに口に含もうとしたその時だった。知った甘い香りが鼻孔を撫でた。

「――ッ！」

咄嗟にカップを振り落とした。それが砂糖の瓶にあたり、中身がテーブルに零れる。白い粉末に混じり、中から琥珀色をした小さな塊がころりと出てきた。

「ひっ……ッ!!」

存在を知らない者が見ればただの結晶に見える代物だが、アリーナはそれが何であるかを知っている。赤いトウビ草から絞り出した蜜を濃縮し固めると琥珀色の結晶になる。これを粉末状にすれば、ブラドは琥珀から透き通った白へと変色するのだ。つまり、アリーナが砂糖だと思って紅茶に入れた粉末も、実はブラドだったということだ。

　これは院長が言っていたブラド糖ではないのか。

　ぞくりと悪寒が走った。

　恐る恐るブラドの塊を手に取った。

　王宮内にまでブラド糖が持ち込まれたこともそうだが、それ以上にアリーナを震え上がらせたのは、ブラドの結晶を持っている者などエクセリール国中を探してもオルガしか居ないという事実だ。

　これはオルガからの警告なのだ。

（オルガはここまで入ってこられるというの？）

　突飛な発想だが、実際、ブラドはアリーナのもとまで届けられた。あの男はとっくにアリーナの居場所に気づいているということだ。

　途端、恐怖に心が引きずられた。

（ローザはどうなったの……？　まさか――。駄目ッ、やっぱり協力なんてできない！）

　震え上がったアリーナは、クライヴが戻ってくるまで誰も部屋に入れようとはせず、何も口にしようとしなかった。

　アリーナの悲鳴を伝え聞き戻ってきたクライヴは、テーブルに散乱した多量のブラド糖を見るやいなや、さっと表情を強ばらせた。

「何も口にしていないか!?」

「そんなことよりもローザがっ！　クライヴ、どうしようっ!?」

　取り乱すアリーナをクライヴが抱きしめた。

「落ち着け」

「駄目、駄目よ！　協力なんてできないわっ！　だって、オルガは全部知ってるんだものっ。ねぇ、そうでしょう!?」

「アリーナ！」

　刹那、クライヴがアリーナの唇を塞いだ。深い口づけに荒ぶる心が徐々に凪いでいく。

「……大丈夫だと、そう思わなくてどうする」

「だ、だって……ッ」

　クライヴはアリーナから侍女の話を聞き出すやいなや、すぐさま女の行方を追わせた。が、女を捕らえることはできなかった。

　この一件以来、ますますアリーナの行動は制限された。当然、オルガを探すことなど許されるはずもなく、わずかな時間でも一人になることはなくなった。鳥かごの中であっても必ずクライヴか、彼の信頼した人間がつくようになった。その最たる人物がグレイスだった。

　けれど、エクセリール国に吹く冷たい風よりも冷えた彼女の視線はただただ恐ろしく、透徹《とうてつ》した美の結晶のような容貌がアリーナは苦手だった。

ついブレスレットを撫でてしまう。

居心地の悪さを感じていると、「飲まないのですか？」と彼女自らが淹れてくれた茶に視線を向けられた。

ブラドを持ち込まれて五日が経った。アリーナは今日もグレイスとお茶をしていた。

「……い、いただきます」

違う意味での緊張に身を固くしながら、カップを口へと運ぶ。フルーティな味わいの中に優しい甘さがするハーブティだった。

「――美味しい」

いつも飲んでいる紅茶とは違う味わいに目を丸くすると、「私の私物です」とグレイスが言った。

「……ありがとうございます」

「今のは何に対しての感謝ですか？」

「え？　何の……って、その……、お茶のこと」

綺麗な目が細くなると、なぜか咎《とが》められている気になった。狼狽えながら慌てて言葉を繋げる。

「あ、いえっ。それと、護衛をしてくれること……です。まさか、あなたが毎回いらしてくれるとは思っていませんでした」

「なぜですか？」

「――グレイス様は私のこと、嫌っていますよね」

これは推測ではなく、確信だった。初めは彼女もアリーナの奇怪な行動を気味悪がっているのかと思ったのだが、彼女から向けられる嫌悪は周りの者が抱くそれとは少し違う気がしていた。

グレイスはカップをテーブルに置いた。

「そうですね。よい機会なのであなたに申し上げたいことがあります」

改まった態度にアリーナは目を瞬かせた。

そんなアリーナを彼女は一笑に付すと、「クライヴ様から離れてください」と言った。

まっすぐ見据えてくる薄茶色の目は冗談を言っている目ではなかった。

「クライヴ様を慕っていらっしゃるのであれば、身を引いてはいただけませんか？」

「あの、どういう」

「あなたの存在はクライヴ様にとって邪魔でしかないのです」

あけすけな言葉に面食《めんく》らった。

「そんな。私は邪魔なんて」

「していないと言い切れますか？」

否定を遮ってきた問いかけに、アリーナはグッと言葉に詰まった。

実際のところ、クライヴが王子として普段何をしているかも知らなければ、自分が彼の側にいることでどんな弊害を生んでいるのかも知らない。アリーナが知っていることは、父に疎まれ、外に飛び出した彼がそれでも父が治めるこの国を守ろうと奔走《ほんそう》していることだ。

だが、ずっと彼と一緒に居たグレイスからしたら、それはクライヴのごく一面でしかないのだろう。

「――ごめんなさい」

この状況を望んだのがクライヴだったとしても、アリーナにまったくの非が無いとは言い切れない。一緒に島を出ようという彼の申し出を受け入れてさえいなければ、違う現実があった。シレイニ島で一人、ブラドを作っていたアリーナがいたはずなのだ。アリーナも島に居る時は、そうあるべきだと思っていた。

「あなたはエクセリール国に来るべき者ではなかった。シレイニ島でおとなしく暮らしていればよかったのです」

それでも、頭ごなしに邪魔者扱いされれば心は痛む。

「そんな言い方……」

「では、他にどんな言葉があると？　初めこそ利用価値があるかと思い、大目に見ていましたが、あなたがこの国に来てしたことといえば、毎日怯えて暮らしているだけではないですか。あの方が睡眠時間を削《けず》ってまで夜な夜な徘徊するあなたを連れ戻し、介抱していたことはご存じですか？　今回のこともそうです。たかがブラド糖くらいで大げさな。それほどオルガが恐ろしいですか？　でしたら、尻尾を巻いて島へお戻りになればいい。

まったく迷惑なことです。本気であの方を慕っていらっしゃるのなら、何を置いてもあの方の邪魔にならないようにと思うはずです」

容赦の無い非難だった。

正論にぐうの音も出ない。だが、アリーナを知らない者だからこそ言える言葉だとも思えた。

「……あなたは私の何を知っているというのですか。勝手な憶測だけで私を推し量るのは止めてくださいっ」

グレイスは島の惨劇を見ていないから、そんなことが言えるのだ。

なぜこんなにもひどいことを言われるのだろう。アリーナだって、クライヴの役に立ちたいと思っている。

(もしかして……)

その辛辣な態度が答えのような気がした。

ぐっと拳を作り、グレイスを見据えた。

「クライヴのことが好きなんですね」

グレイスがわずかに目を眇めた。

「だから私に辛くあたるんだわ。でなければ、どうしてそんなひどいことを……ッ」

「子供じみた嫉妬はおやめなさい。見苦しい」

「――ッ！」

反撃も、すげなく一蹴された。

「状況を理解できていないのは、あなたの方です。先王を暗殺した重罪人の娘が次期国王の寵妃になるなど、あってはならないことです」

「……私が重罪人の娘……？　暗殺ってどういうことですか!?」

「おや、まだご存じでなかったのですか？　ロイス公爵家の令嬢アリーナ・ダインリー。クライヴ様はよほどあなたを鳥かごの鳥でいさせたいのですね。甘い声でさえずる以外、何もできない無様な鳥」

嘲笑と失笑を零し、グレイスは冷めたお茶を飲み干した。

☆★☆

私が重罪人の娘――。

グレイスの言葉が深く胸を抉った。

ロイス公爵家令嬢アリーナ・ダインリー。それが本当の名前なのだろうか。

女王から信頼されていた赤の騎士。フィランダ王が黒の騎士なら、赤の騎士はロイス公爵のことではないのか。

公爵もまた緋色の髪をしていたとクライヴが言っていた。クライヴが赤と黒と言ったのも、彼らの髪の色を表したものだとするのなら、ロイス公爵はフィランダ王の罠にかかったということになる。

「……ナ、アリーナ」

「ッ!!」

ビクッとして振り仰いだ。すると、きょとんとした表情のクライヴが立っていた。

「どうしたんだ、ぼうっとして。食事もとっていないじゃないか」

「……あ」

気がつかなかった。もうそんな時間だったのか。

彼から外気の名残を感じる。頬に口づける唇もひやりと冷たかった。

「おかえりなさい」

「ただいま、アリーナ。何もなかったか?」

「——うん。グレイスがずっと付いていてくれたわ」

「女同士だし、話も合うんじゃないか? まぁ、あいつは俺らよりも勇ましいから、刺繍やレース編みなんて話題は出ないだろうけどな」

「随分な言い方ね。あの方だって、由緒あるお家の令嬢なのでしょう?」

「あれ、知らないのか? レイはルター卿の娘だ」

今更のような口ぶりに、今度はアリーナが目を丸くした。

「そうか、紹介がまだだったな。ルターは俺の剣の師であり、この国の宰相をしている。母の時代では将軍だった男だ。今でこそ政務に忙殺されているが、昔は英雄と謳われたほ

ど で、俺もよくしごかれた」

当時を思い出し、クライヴがブルリと背筋を震わせた。よほど辛い鍛錬だったのだろう。だが、アリーナは笑えなかった。曖昧な顔をすれば、「信じてないだろ」と後ろから抱き込まれた。

「――そんなことないわ。大変だったのよね」

「大変どころの話じゃない。病弱な俺を見かねた母が〝一人でも敵陣に殴り込みにいけるくらい鍛え直してくれ〟と命じるもんだから……、って。いい、やめよう。愚痴はよくない」

ナタリア女王が存命であったなら、この国は今とは違う様相を見せていただろう。

本当にロイス公爵がナタリア女王を殺したのなら、クライヴの話はやはりただの作り話ということなのだろうか。

(私はロイス公爵の娘なの?)

グレイスはどこでそのことを知ったのだろう。彼女が知っているのなら、クライヴだって知っているはずだ。

にもかかわらず、母を殺した者の娘かもしれないアリーナを側に置く理由とは何だ。

クライヴが語ったロイス公爵の話には親愛の情が込められていた。あれは母を殺した者を語る口調ではない。だからこそ、グレイスの言葉が信じられないのだ。

「ナタリア女王はどんな方だったの……?」

「気高く美しい人だった。国を誰よりも愛していた。子供の頃は不思議だったよ、どうしてそんなにも国に愛情を持てるのだろうと。でも、今なら母の気持ちも分かる気がする」

大人になり、目線の高さが変わることで見える世界も違ってきたのだろう。

かつて母が見ていたのと同じ光景を見ることができるクライヴは着実に王座へと続く道を歩いている。でも、フィランダ王には見えなかったのだ。

ごくりと息を呑んだ。

「どうしてお亡くなりになったの？」

問いかけると、一瞬だけクライヴの表情が強ばった。

「――暗殺された」

「誰に……？」

クライヴは一瞬、口ごもり「ロイス公爵だと言われている」と言った。

施設の院長はアリーナを見て驚いていた。あの時感じた疑問は、できすぎた偶然などではなかった。自分とよく似た容貌のロイス公爵夫人こそ、アリーナの実の母なのだろう。

唐突に蘇ってきたのは、クライヴと初めて会った日のことだ。彼もアリーナを見てひどく驚いていた。あの時は、髪の色に驚いたのだとばかり思っていたけれど、本当は院長と同じ理由だったのかもしれない。

（本当に私がロイス公爵家の娘――）

だとしたら、クライヴにとってアリーナは憎むべき存在だ。

「ごめんなさい……」

「どうしてアリーナが謝るんだ」

微妙な表情で苦笑するクライヴに、アリーナは力なく首を振った。

「ごめんなさい、……ごめんなさい」

今、自分が生きているということは、アリーナだけが死を免れたのだ。王殺しは重罪だ。その家族であっても、無事ではすまないだろう。理由があって、自分たちはシレイニ島へ流れ着いた。そして、ずっと父だと思っていた人は、本当の父ではなかったに違いない。だからこそ、父は記憶を取り戻してもアリーナに真実を告げなかったのだろう。

（父さんは何者だったのかしら……）

何の疑いも持たず、父と慕った人。けれど、今となっては父の本当の名も、身分も、どういういきさつでアリーナを育てることになったのかも、彼の家族のことも何も知らない。

クライヴは心の中で、ナタリア女王暗殺はどういう決着をつけたのだろうか。

彼の愛を疑おうとは思わない。けれど、ロイス公爵の娘を側に置くことに抵抗はなかったのだろうか。同時に、なぜクライヴが鳥かごの中に閉じ込めておきたがるかも悟った。

アリーナが罪人の娘だからだ。

そんな自分が彼の側に居ていいはずがなかった。

何度も涙声で詫びていると、アリーナを抱きしめていた彼の腕が緊張した。

「――ロイス公爵のことを聞いたのか？」

全身を震わせた直後、クライヴが怒りを漲らせた。

「あいつ――ッ!!」

「だ、駄目っ！　待ってクライヴ!!」

パッと離れたぬくもりを慌てて摑む。

「放せっ、アリーナ!!」

「放さない！　何するつもりなのっ!?」

「決まってるだろ！　レイの奴、余計なこと言いやがって……ッ」

「私の家族のことよっ、余計なことなんかじゃない!!」

引きとめようとするも、力の差は歴然だった。ずるずると引きずられながらも必死に押しとどめようと奮闘する。

「どうして言ってくれなかったの!?」

「まだ、知らなくていいことだからだよ!!　今の状態で話して何になる。いたずらに君を苦しめるだけだろうがっ!!」

「でも――ッ！」

口を開きかけた時だった。

忙しなく寝室の扉が叩かれた。

「クライヴ様！　火急にお知らせしたいことがございますっ」

グレイスだ。

間の悪さに腹立たしさを覚えた。一気にいきり立つクライヴに、アリーナは夢中で首を横に振った。

お願い、喧嘩は止めて。

懇願の眼差しに、クライヴが忌々しげに舌打ちした。

「どうした!!」

「王都から救難の要請が出ています。貧困層で何らかの中毒患者が続出している模様です」

――中毒患者!?

思わず顔を見合わせた。一転してクライヴの表情が緊張に強ばった。

「今すぐ救護班を送れ！　患者はおそらくブラドを摂取《せっしゅ》している。住民たちから砂糖を回収しろっ！　俺もすぐ現場へ向かう」

咄嗟にアリーナが彼の裾を摑んだ。

「クライヴッ！　私も行きたい!!」

「駄目だっ、アリーナはここに居ろ」

「でもっ」

「来られても足手まといだっ！　これ以上の騒動は起こしたくない！」

強い口調での拒絶に、体が強ばった。

「……すまない。いい子だからおとなしく待っていてくれ」

言い方を変えただけで、アリーナが足手まといであると思っているのは変わらない。現場にアリーナが行くことで、素性がばれることを嫌がったのだ。役に立ちたいと思うだけでは、何もできない。それがアリーナの現実だった。

「クライヴ様、お早く！」

苛立ちが滲む声がクライヴを急き立てている。

アリーナは今できる精一杯の空元気で惨めさを押し殺した。

「──分かったわ。気をつけて」

「あぁ」

引き下がったことでクライヴがホッと胸を撫で下ろした。慌ただしく駆けていく二人の足音を呆然としながら聞いていた。

何もできない自分がひどく惨めだった。

☆★☆

一週間が経ってもクライヴが王宮に戻ってくることはなかった。

外の様子がどうなっているのか知りたくても、誰もアリーナに教えてはくれない。クライヴに口止めをされているのだろう。

みんなはどうなったのだろう。

施設の子供たちはブラド糖を食べてはいないだろうが、だからといって安心できる事態ではない。

(今の私に何ができるだろう)

悶々としていた最中、突然、乱暴に扉が開かれた。

「今……戻った——」

全身に疲労を纏ったクライヴがおぼつかない足取りでやって来た。慌てて駆け寄れば、ぐらり…とクライヴが傾《かし》いだ。

「きゃ……ッ」

のしかかってきた重みに耐えきれず、床に転がる。覆い被さってきた体は燃えるように熱かった。

「何をしているのですか」

そこへ、やって来たグレイスがクライヴの体を持ち上げた。

「あ、ありがとうございます……」

ベッドに倒れ込んだクライヴはすでに意識を手放していた。が、呼吸音がおかしい。

「クライヴ、大丈夫っ!?」

「お静かに。治療は済んでいます」

「何があったの!?　ひどい熱だわ……!」

「過労と風邪です。ただ、クライヴ様の場合、喘息を患《わずら》っておりますのでやや重症化する

た。

持病があるとは聞いていたが、初めて弱った姿を目にしたことで完全に動揺してしまった。

「そんな……ッ」

場合があります」

そして、こんな状態のクライヴを前にしても表情一つ変えないグレイスに凝然となった。

（クライヴが心配ではないの……？）

血の通っていないような整った造形を思わず見つめた。

グレイスが冷めた目で睥睨した。

「それもこれも、あなたのせいなのですよ」

責任の所在を問われ、アリーナは瞠目する。

「どうして私のせいになるの？」

「あなたの存在がクライヴ様の心労を大きくさせたからに決まっているでしょう。ほとほと面倒しか持ち込まない人ですね」

そんなこと、とうに自覚している。

痛烈な批判に、アリーナがグッと奥歯を噛みしめた。

この一週間、アリーナとて何も考えていなかったわけではない。

「――分かっています」

手をこまねいている間も、オルガは無関係な人たちを手に掛けていく。惨めさをつくづ

るだろう。
ほどの知恵も力も無い。シレイニ島のことしか知らない自分が、どんなことなら役に立て
力はもちろん、差し出せるものはたかがしれている。グレイスのように横に並んで歩ける
貴族の娘として生まれても、今のアリーナはただの島娘。クライヴを支えられるだけの
く味わわされた。

喚き立てないことに、グレイスが目を眇めた。

「少しは立場をわきまえることを覚えたようですね。いい傾向です。ならば、どうかその
まま退いてください」

「いいえ。――それは、できません」

「どうすると？」

守られているだけでは、何も成せない。いつまでも鳥かごの鳥でいることに甘んじては
いけないのだ。

「――必ずオルガを見つけ出します」

決意を口にしたことで、腹が据わった。

「ほぅ……。ならば、その決意がどれほどのものか見せていただくとしましょう」

グレイスの口ぶりは明らかに何かを企んでいるものだった。

「国王陛下がオルガと通じているという情報があります」

衝撃的な言葉にアリーナはつかの間、言葉を失った。

「王の闇に行き、国王の口からオルガの正体を聞き出してください」

「ちょっと……待ってください！」

闇雲に探すよりも正体を知る者の口から語らせる以上に確かなことはない。だが、闇に行くということは、王に抱かれるということ。それはクライヴを裏切ることにもなるのだ。

「あの方の役に立ちたいのでしょう？」

揺らぐ心を見透かした冷えた声音に、拒絶という選択肢が消えた。

「裏切りもまた愛の形です」

本当にそうだろうか。

アリーナにはやはり彼女が自分を排除したがっているだけのようにしか思えなかった。それとも、自分がまだ彼らと同じ志を持てずにいるせいなのか。グレイスにすれば、クライヴの心をアリーナから引きはがす絶好の機会だ。

「クライヴは国王がオルガと通じていることを知っているの？」

「いいえ」

知っているのなら、どんなことをしてでもオルガと手を切らせようとするだろう。

ここはさまざまな者たちの思惑が渦巻いている。でも、それはアリーナにも言えること。

頷けば、後戻りはできなくなる。

「最後はご自身でお決めください」

クライヴが彼女を腹心と呼ぶ理由がよく分かった。グレイスはどんな時でもクライヴにとっての最善を選択できる。

決断させることで、アリーナ自身が言い逃れできないようにさせる。強要されたのではなく、自分で決めたことなのだと納得させようとしているのだ。

なぜ、幸せは望むほど遠くなるのだろう。

(――でも、何もできないのはもう嫌だ)

己の身を顧みることも忘れて、誰かのために力を尽くす人がいる。そんな彼をアリーナは愛したのだ。

オルガを捕らえることができれば、大勢の人たちが幸せになれる。そのためならアリーナだって自分の幸せくらい差し出せるはずだ。

けれど、愛してくれた人を裏切るのは、身を裂かれることより辛い。

「お願いがあります。せめて、彼の状態が安定するまでは側に居させてください」

観念したアリーナに、グレイスは静かに頭を下げた。

「あなたの献身《けんしん》に感謝します」

第四章　裏切り

アリーナはベッドの前で跪き、祈りを捧げていた。

手の中にはブラドの塊がある。

クライヴが回復した時点でアリーナは王の閨へ行くと決まった。王のもとへ下った後は、逐一グレイスに情報を流す。すでに王には渡りをつけてあり、この件はグレイスによって箝口令《かんこう》が布《し》かれた。当然、クライヴは局外者だ。

クライヴの知らないところで秘密裏に進められていく計画は、ひたすらアリーナを憂鬱にさせた。

できればこのまま病に伏せっていて欲しい。そうすれば、クライヴの側に居続けることができる。だが、それは願ってはいけない未来だ。

咳き込むたびに苦しそうな姿にたまらなくなる。

クライヴは太陽の下がよく似合う。こんなベッドの中で弱っている姿なんて見ていたくなかった。

「随分熱心に祈りを捧げてるんだな」

かすれた声に、アリーナはふと目を開けた。

「クライヴ……！　よかった、目が覚めたのね」

「あぁ……、今はいつだ。夜か？」

「昨日の夜、戻ってきて丸一日眠っていたわ。喘息が出ているの」

「だろうな……。胸が痛い」

息苦しそうに喘いで、「アリーナ」と呼んだ。

「どうした？　浮かない顔になってる」

「誰のせいよ……」

「はは……、俺か。そうか、愛されてるんだな」

今更な感想に呆れた。

「そうよ。愛してるの」

彼の手を取り、甲に口づけた。アリーナらしくない素直な言動にクライヴが驚いた顔をした。

「——みんなの容態は？」

「沈静化したとは言えない状況だ。重篤《じゅうとく》患者は今も病院で治療中だからな。が、今の問題は民たちの動揺だ」

　砂糖に麻薬が混ざっていたと知った民たちが根も葉もないことを口にすることで、いたずらに不安を煽られた者たちが、砂糖に限らず食料品を買い渋る傾向が出てきた。末端の不安はやがて大きなうねりとなり国全体を揺るがす事態に発展しかねない、とクライヴは言った。国民が安心して暮らせる地盤を整えるべく、クライヴは奔走していたのだ。

「ごめんなさい。――私のせいね」

「何でも自分のせいだと思うのは、感心しないな。悪いのはブラドを蔓延させようとしているオルガだ」

　どこまでも優しいクライヴに泣きたくなった。

「――ありがとう」

「どうしたんだよ、改まって」

　くすくすとくすぐったそうに笑う姿も今は頼りない。アリーナは握りしめていたブラドの塊を彼の前にかざした。

　琥珀色をした塊に、クライヴが怪訝な表情になった。

「ブラドよ」

「――何？」

　目を見張り、琥珀色の物体を凝視した。

「驚いた？　でも、これがブラド本来の姿なの。あなたが見てきた白い粉末はこれから削り出されたものなのよ。言ったはずよ、ブラドはトウビ草の蜜を凝縮したものだと」

クライヴがまじまじと琥珀色の塊を見つめていた。

色も形も違う物体をブラドだと言われても、すぐには受け入れられないのも仕方がない。

「どこで……手に、入れた」

「砂糖瓶の中に紛れてたの。……ごめんなさい、黙ってて」

今日まで隠していたことに、鋭い視線で諫められた。

直後、クライヴが激しく噎せた。

「だ、大丈夫!?」

慌てて背中を摩る。

「……へい、き…だ」

ちっとも平気そうには見えない姿に、アリーナは辺りを見渡した。

（そうだわ、確かここに……）

枕の下に手を差し込む。咄嗟に、それをクライヴの手が止めた。

「な……に、する……つも」

険しい視線に苦笑した。

「大丈夫。これを削りたいだけだから」

そう言って、持っていたブラドをもう一度見せた。訝しみながらも、ゆっくりと手が外される。アリーナは枕の下から出した短剣でブラドを削り始めた。

琥珀色の塊から削り出されたそれは白い粉となり、真っ青なシーツに溜まっていく。目で確認できる程度になったところで、アリーナは短剣を元の場所へ戻した。

ブラドを削ってどうするつもりなのか。

呟き込みながらも、彼の目がそう語りかけていた。

「すぐ楽にしてあげるわ」

削ったブラドを指先に取り、舐めてみせた。

「やめ……ろっ！」

「大丈夫。少量のブラドは毒じゃない。島ではどんな病も癒す万能薬として使われていたんだもの。それをあの男が麻薬に変えたの」

おそらく一度に多量のブラドを服用することで何かしらの中毒症状を引き起こすのではないか。少量ずつだと定められていたのも、ブラドの危険性について長老は知っていたのだろう。そしてオルガもそれを知っていた。

もう一度指につけると、今度はクライヴの口元へ持っていった。

「お願い、舐めて」

ブラドを麻薬と認識しているクライヴは、果たして舐めてくれるだろうか。じっと見つめていると、ややあって赤い舌が指を舐めた。

（よかった……）

ほっとして、水差しから水を汲もうと体を起こす。が、指先を囓られ、ひくん…と官能が疼いた。

「これだけで感じるのか？」

愉しそうに笑いながら、そこに舌を這わし始める。瞬く間にアリーナに欲情の焔をともしたクライヴだったが、同時に彼自身にも火を付けてしまったようだった。

ねっとりと指の間を這う舌の感触に息を詰める。

「クライヴ……、今夜はまだ駄目よ。安静にしていないと……」

見せつけるように丹念に舐《ねぶ》られていくうちに、次第に息が上がってくる。股奥がじんと鈍く痺れた。

「眠れないんだ……」

散々咳き込んだせいだろう。告げた声はひどくしゃがれていた。

アリーナはたまらず顔を寄せ、自らも舌を這わせる。指の向こう側にある肉厚の感触に欲情した。もっと味わいたくて、夢中で舌を伸ばした。

「……ッ」

腕を攫われ、ベッドに押し上げられる。覆い被さられると同時に、かぶりつくような激しい口づけに襲われた。

「クラ……、…ん、ンン」

首が痛くなるほど上向かせられ、口腔を蹂躙された。口の中に残ったブラドを舐め取るような丁寧な愛撫は、いちいち性感帯を撫でてくるからたまらない。それでなくとも熱を持つ体のせいか、いつも以上にクライヴの存在を感じてしまう。それはつまり、快楽からの逃げ道もないというわけで……。

「ふ……ぁ…、う…ン」

息継ぎの合間に零れた吐息すらも食われてしまう。

押しつけられた欲望は今すぐアリーナが欲しいと言っている。

(私も……欲しい)

彼と抱き合えるのも、もう何度もないだろう。

「愛……してる」

囁きに、クライヴが体をまさぐっていた手を止めた。

「私の全部をあなたにあげる」

色情で色濃くなった碧色の瞳を一心に見つめた。

「あなただけを愛してる」

切なくて、寂しくて、涙が出てきた。

腹部に当たる熱い塊をその手で触れた。脈打つ雄々しい存在に愛おしさが募る。ゆっくりと労るように撫でた。

「お願い、……今すぐ抱いて」

次の瞬間には、性急にドレスをはだけさせられた。

二人とも生まれたままの姿になれば、どれほど互いを欲しているかが分かった。彼のそそり立つ欲望を前にして、アリーナから熱っぽい吐息が零れた。

「早く……」

羞恥に顔が熱くなるも、おずおずと両手で内股を押し開いた。

指で媚肉を押し広げ、蜜穴を彼の前に晒した。それだけで息をするようにひくついているのが分かる。クライヴが欲しいと蜜を零して、彼の熱を待ちわびていた。

「挿《い》れて……、クライヴが欲しいの」

言葉にした途端、ぞくぞくと這い上がる欲情に体が震えた。雄々しい欲望に手を添え、クライヴが蜜穴に先端をあてがう。感じた熱に一気に期待が膨らむ。強請るように腰が勝手に揺れた。自ら誘うような腰使いに、クライヴが薄笑いを浮かべる。一気に根元まで埋め込まれた。

「――っ、……ぁ……あぁっ!!」

脳天まで痺れさせた強烈な快感に、体が痙攣した。挿入されただけで達してしまったのだ。がくがくと体を震わせながら一人絶頂に飛んだアリーナをさらなる悦楽が襲う。腰を摑まれ、最奥を怒張したもので穿たれる壮絶な刺激に、アリーナは悲鳴じみた嬌声を上げた。

「ひ……や、あっ、あ」

抱かれ続けることで彼の形を覚えた秘部は、容易く開いていく。そして、迎え入れると同時に粘膜が絡みつき、それまでの寂しさを訴えた。

会いたかった、愛されたかったと縋りつくのだ。

「たまんない……な」

ぬち、ぬち…と蜜音を立てながら、クライヴがかすれた声で呟いた。擦られるたびに生まれる淫靡な熱が体中に染み渡っていく。かりくびの形まで鮮明に感じる、欲望の脈動が伝わってくる。

愛してる。

体中が叫んでいた。

「もっ……と…」

蠕動する粘膜がいやらしくクライヴを強請っている。さまよう手でシーツを握りしめれば、「こっちだ」と乳房へと導かれた。

「自分で触ってみろよ」

「や……ぁ……」

命じられた恥辱に、いやいやと頭を振る。だが、秘部は淫らな命令に期待していた。きゅうと収縮する内壁にクライヴが細く短い息を吐く。

「俺の言うとおりに動かせばいい。……指で乳首を摘まんで」

揺さぶられながら聞かされる声に、体は勝手に動いていく。従えば、さらなる官能を味わえることを知っているからだ。

アリーナは恐る恐る尖頂を指で摘まんだ。

「すりつぶすように動かして。もっと強く、俺がしている時の仕草を真似るんだ」

「ふ……ぅ、……ん…ンンッ」

ぴりっと刺さるような刺激が性感に響く。疼くような、それでいて興奮を煽るもどかしさがあった。

「どんな感じだ」

そんなこと言葉になんてできない。

「や……、ぁ」

「嘘つけ」

「ひぁっ……！」

摘まんでいた場所に爪を立てられ、強い痛みにおののいた。

「……ぁ、だ…めぇ……ッ」

背筋を貫く快感に身もだえすれば、戒めるようにまた灼熱の楔に攻め立てられる。

「手、止まってる」

「……ん…ぅ、……っ！」

優しく戒められ、また指を動かし出した。クライヴの声に導かれながらする行為は、次第にアリーナを陶酔させていく。自分の手であるはずなのに、クライヴに触れられている錯覚に陥っていた。秘部からは卑猥な水音がひっきりなしに響いている。……でも、まだ足りない。

「……も…ぅ、お……願い」

上と下からの断続的な悦楽が気持ちいいくせに、体はより強い官能を求めていた。欲しいのは体を蕩けさせる快感だ。

たまらないのだと蜜で濡れた内壁がクライヴをきつく締め付けた。

「どうして欲しい……？」

心なしか、彼の声もかすれていた。うっすらと目を開ければ、青い目が欲情に染まっている。熱っぽい視線に吐息が零れた。

彼をこんなふうにさせているのが自分なのだと思うと、嬉しくて仕方ない。

もっと夢中になって。

もっとあなたを覚えさせて。

「お願い……。何があっても……必ずオルガを捕らえて……」

腕を伸ばし、彼を引き寄せる。口づけ、口腔に舌を忍ばせた。ざらついた感触のものに舌を絡めさせ、甘えるように舐める。

「好き……、好き」

うわごとのような「好き」を息継ぎの合間に囁き、何度も彼を味わう。硬い欲望で何度も粘膜を擦り上げられる悦楽が、アリーナをさらなる法悦の海へと誘《いざな》った。

律動が激しくなる。穿つ剛直が柔らかくなった秘部の中で大きくなった。体中に散らばる甘い切なさが閃光となり瞼の奥を真っ白にさせた刹那、クライヴの熱い精を体の最奥で感じた。

長い回廊は奥へと進むほど、薄暗く陰気になっていった。クライヴの体調はまだ万全ではなかったが、これ以上現場を放っておくわけにはいかないと、彼は昨日から再び街へ下りていった。きっとブラドが効いたのだろう。

☆★☆

グレイスから伝言を受けたのは、同じ日の午後だった。

翌日の午後、王の閨に赴くようにとのことだった。そして今、後宮に続く回廊を進んでいる。

ここは、アリーナの抱く孤独と同じ気配がする。

思わず左手首に手をやるが、貝殻のブレスレットはもうない。王に危害を加える可能性があるものだからと、ここへ来る前に取り上げられてしまったのだ。

心のよりどころを無くせば、ひどく心許なかった。

島に居た頃、聞こえてくるのは死んだみんなの恨み言ばかりだった。時折見える光は島を焼いた紅蓮の炎だけ。希望など見出そうとも思わなかった。

ローザを救うためだけに、オルガによって生かされていた。

三年半の月日が流れた夏の終わりに、クライヴはオルガと同じ状況でアリーナの前に現れた。

紅蓮の炎よりもずっと鮮やかで深い緋色の髪をした彼は、アリーナが抱く彼への警戒心に気づいていながらも、側に来てくれた。陽気で前向きで、農作業も力仕事もこなす、ちっとも王子らしくないクライヴは、アリーナとの暮らしが楽しいと言ってくれた。

『あなたを……愛してる』

告げた想いにひとかけらも嘘はない。

――この先にフィランダ王が居る。

これより先に進んだ後は、この愛は嘘になるのだろうか。

それでも、選んだのはアリーナだ。

送り出される前、アリーナはグレイスに問いかけた。

「聞かせてください。どうして私を選んだの？」

王の閨に入り、オルガの正体を聞き出すだけならアリーナでなくともよかったはずだ。もっと手練れだって居たはず。だが、グレイスはアリーナこそ適任だと推した。理由は教えてくれなかった。

フィランダ王の閨に送り込むことに、女の嫉妬があるような気がしてならないのは考えすぎだろうか。

「あなたはクライヴが好きなの？」

問いかけにグレイスは綺麗に笑った。

「――ええ、愛しています。私たちは兄妹のように育ち、父のもとで鍛錬を積み、同じ志を持ちました。エクセリール国を率いる次代の王として、クライヴ様は忠誠を誓うにふさわしい主です」

　あぁ、自分はとんだ思い違いをしていた。

　アリーナの愛が本能の求める永久の愛なら、彼女の愛は強烈な従属の愛。それが見せる敵愾心をアリーナは嫉妬と見間違えたのだ。

「でも、それ以上に私はあなたのことが嫌いです。父を奪ったあなたが」

「父……？　でも、あなたはルター卿の」

「あの方は養父。五歳の時、縁あってルター卿の養女になりました。私の父はロイス家に仕える騎士でした」

「――それじゃ、もしかしてあなたが父さんの本当の家族……」

　何も知らないままだった父の素性をこんな時に知ることになるのか。アリーナと共に島にたどり着いた後は、父となりアリーナを育ててくれたが、その選択は自らの家族を捨てることでもあった。その家族が今、アリーナの目の前に居る。クライヴに口止めされていたにもかかわらず、アリーナにロイス公爵の話を聞かせたのも、アリーナを目の敵にしていたのも、すべては――。

「だから、あなたからも一番大切なものを奪ってあげるわ」

　グレイスの報復だったのだ。

　蠱惑的な微笑に滲むアリーナへの恨みが、いっそう妖艶に見せていた。

「アリーナ様、こちらをお持ちください」

王付きの侍従から小さな小瓶を渡された。

「これは?」

「国王陛下がご愛用されているものでございます」

フィランダ王は女を閨にはべらす時には必ずこれを使うのだと言った。

「こちらでお待ちください」

通された部屋は薄暗く、厚いカーテンが外の光を遮っていた。

一人にされた部屋で所在なく立ち尽くす。今夜、ここで老体に抱かれるのかと思うと悲しくてたまらなかった。

こみ上げる怖気に震える体を両手で抱きしめた。今宵のためにと着せられた衣装は、肌が透けるほど薄く心許ない。

(こんな姿、クライヴに見られなくてよかった……)

唯一の救いは、最後まで彼に知られずにすんだことだ。

『クライヴ、気をつけて』

それが、彼にかけた最後の言葉だった。

どこでオルガが自分たちを見張っているか分からないからこそ、身辺には十分気を配って欲しい。

(もう私は彼の側に戻ることはできないのだから……)

ふらふらとベッドへ近づき、腰を下ろした。王が渡る部屋というだけあり、上質な手触りだ。

本当にオルガの正体を聞き出せるのだろうか。色仕掛けなどしたことがない分、不安で吐き気までしてきた。

でも、後戻りはもうできない。

（これ、何なのかしら？）

持たされた小瓶を軽く振ってみる。液体が入っているようだが、フィランダ王は何に使うのだろう。

蓋を開けて鼻を近づけると、ほのかに花のような香りがした。首を傾げて、栓をし直した時だ。おもむろに扉が開いた。

入って来た人影にアリーナは慌ててその場にひれ伏した。

侍従にはフィランダ王から声を掛けられるまで、決して声を出すなと言われている。

「……なぜだ」

呻き声にも似た低音が問うた。しゃがれた声は、クライヴによく似ていた。

「……国王陛下のご寵愛をいただきたく…参りました」

あらかじめ教えられていた言葉をそのまま口にする。グレイスには不興を買うことだけはするなと強く言い含められていた。

じっとりとした沈黙があった。

耳元でどくどくと自分の心臓が脈打つ音がする。

だから、かすかな歯ぎしりの音に気づけなかった。

衣擦れの音がした。すぐ近くにフィランダ王の気配がした。びくりと体を強ばらせ、額が絨毯につくほど頭を下げた。

「——どういうつもりだ、アリーナ」

今度は張りのある声だった。——違う、フィランダ王ではない。この距離で聞き間違えるはずがなかった。

(——な……んで)

どうしてこの場にクライヴが居るのか。

恐る恐る顔を上げる。眼前にあったのは、暗闇に光る獣じみた青い双眸。怒りを滾らせたクライヴだった。

「……ッ」

「理由を聞かせろ」

怒りを堪えた声がこの愚行の理由を問いかけた。

「俺を出し抜けるとでも思ったか」

「ど……して。だって……」

今朝のクライヴに、アリーナを疑っている素振りはなかった。

「言え、弁明くらい聞いてやる」

底冷えするほど冷淡な物言いに、全身が恐怖に粟立った。

こんな彼は知らない。感情を殺したクライヴの怒気が容赦なくアリーナに向けられている。不気味さすら覚える静けさが言いようのない恐怖を誘った。

最悪の状況でクライヴに知られてしまうなんて、思いもしなかった。無意識に持っていた小瓶を握りしめると、クライヴにむしり取られた。

栓を開け匂いを嗅いで中身を確かめると、クライヴはみるみる形相を変えた。

「これが何か分かって持ち込んだのか。自分が何をしでかそうとしているのか、知っていてここに居るのか!? 答えろ、アリーナ!!」

「ヒッ……!!」

割れるほどの怒声に、アリーナがすくみ上がった。

どこで計画がばれたのかとか、なぜ彼が居るのかということよりも、愛する人に最低の格好で最低の行いをしようとしていたことを知られてしまい、完全に混乱した。

「……ご、ごめんなさい……」

咄嗟に謝罪が口を突いて出た。何をおいてもまず詫びなければと思ったからだ。だが、それがクライヴの怒りの火に油を注ぐことになるとは考えもしなかった。

小さく舌打ちをする音が聞こえた直後。

「来い」

乱暴に腕を掴まれ、引きずり上げられた。そのままベッドへ倒される。夜暗に滲む憤怒の気配に、アリーナはベッドから泳ぐようにして起き上がった。が、そんなことをクライヴが許すはずもなく、再びベッドへ突き倒される。暴れた拍子に枕が飛ぶ。

カラン…と硬い音がしたのはその直後だった。それを見たクライヴがあらん限り目を見開いた。

「――どういうことだ……」

彼は何を見たのだろう。

逃げられないようのしかかってきた彼が、手に持ったままの小瓶を開けた。引きちぎるようにして薄い衣装をはぎ取る。布が破れる音がアリーナの恐怖をさらに煽った。

「クライヴ、やめて!!」

「どの口が言ってるんだっ！」

怒声にヒッ…とすくみ上がった。

「俺がどれだけ大事にしてやったと思う!?　どれだけ心を尽くしてやった！」

彼らしくない傲慢な物言いが、憤りの激しさを伝えてきた。

本気で彼を怒らせたのだと知った瞬間だった。

「――思い知らせてやる」

次の瞬間、口腔に小瓶を押し込まれた。

「歯を立てれば、その瞬間口の中で砕けるぞ」

想像し、抵抗をやめざるをえなくなった。それでも震える歯が小瓶に当たりかちかちと音を立てる。流し込まれた液体を最後の一滴まで嚥下させられた。

喉を通った直後から、カッと焼ける熱さがあった。

「あ……」

ふつふつと皮膚の下から湧き上がる熱い疼き。呼吸が浅くなると、いっそう体の熱さが増した。

「どうだ、これが媚薬だ。もうここに太いものが欲しくてたまらないだろう」

手荒い仕草で脚を開かされ、秘部に指を差し入れられた。入って来た異物感に戦慄くも、快感に体が痺れた。

熟れた秘部がすでに蕩け始めている。呑み込んだ指にしゃぶりつくように蠕動を繰り返していた。

「駄目……、フィランダ王に……見られちゃう」

「見せつけてやればいい。君が俺によがり狂わされる姿を。——俺のものだということをな」

「……や……ぁ、嘘……、あ、あ…ッ」

指の腹で上壁を擦られる。それだけで強烈な狂気じみた悦楽が走った。瞬く間に絶頂へと押し上げられる。

上体をしならせ、びくびくっと腰が痙攣する。が、クライヴは達した体をさらに追い上げんと指を動かした。

「ヒッ……、ぃ……あっ」

全身が性感帯になったみたいだった。感じすぎてつらい。散らばった疼きが痒くて仕方がない。二本に増やされた指に乱されながら、それでもなけなしの理性が逃げろと叫んでいた。腕を伸ばし、シーツを摑む。体をずり上げようとしたところで、唐突に指が引き抜かれた。

「う……ぁ、……っぅ、んん!!」

ずぶり、と乱暴に挿入してきたのは、灼熱の肉棒。根元まで埋め込まれた衝撃に目の前に銀色の閃光が幾本も瞬いた。優しさの欠片もない荒々しい律動で激しく揺さぶられる。腰骨に響く振動で頭の中まで揺らされているみたいだった。

最奥を凶暴な存在で穿たれているのに、擦られている場所は悦びに蜜を滴らせていた。急速に高められた快感が再び爆ぜる。噴き出た飛沫がしとどに寝具を濡らした。立て続けに二度も絶頂を味わわされた体に抵抗する余力なんて、もはやない。

「何も知らない島の女だったくせに、いつの間に娼婦のまねごとまでするようになった!?俺に愛されるだけじゃ不満かっ!?」

なのに、クライヴは破けた衣装でアリーナの両手を縛り上げた。裏返しにされ、腰だけを高く持ち上げる体勢を取らされた。

「ふぅ……ん、あ…あぁ……」

ずぶずぶと入って来た硬い存在に、はしたない嬌声が零れた。クライヴの放つ怒気が恐ろしいのに、蹂躙される体は肉欲の快感に打ち震えている。これが媚薬のせいだと分かっていても、自分がひどく淫乱になったみたいで切なかった。

「こんなことをお前一人で考えつくはずがない。誰だ、誰に命じられたっ⁉」

肥大した欲望が胎内で爆ぜた。それだけでまた絶頂に飛ぶ。おかしいくらいに体を痙攣させながら、肉欲の悦びに打ち震えた。クライヴにとっては憤りをまき散らすだけの行為でも、今のアリーナには極上の快感だった。粘膜に染みこむ精の甘さが、全身を蕩けさせる。

精を放ってもなお力を失わない怒張が、卑猥な音を立てながら蜜穴を掻き混ぜていた。

「何を企んでいる。――両親の敵を討とうとでもしたかっ⁉」

「……んっ、ん……ぁ、あっ」

頬を寝具に押しつけ、一つ手にくくられた手で乳房を押しつぶしながら、単調な律動にむせび泣いた。味わったことのない妖しい官能に意識が朦朧としてくる。体の奥底から溢れてくる劣情がアリーナを今まで以上に淫らな気持ちにさせた。

「い……ぃ、気持ち……いぃ」

蜜穴からはどちらのものともしれない白い泡が立っている。肌がぶつかるたびに愛液の滴が内股を濡らした。

潰された乳房の先が、痛いくらい張り詰めている。それだけじゃない、体中のそこかしこが痒くて仕方がない。もっと揺らしてくれないと、悶え死んでしまいそうだった。

たまらなくなって自ら腰を揺らめかし、クライヴを誘う。

もっと、もっとと内壁を絡みつかせては、ごりごりと擦られる感覚に酔った。

「……クソッ」

悪態をつき、クライヴが腰を動かした。蹂躙しているのはクライヴなのに、させられているように腰を振る。汗が滲み艶めく肌と色情に耽る蕩けた表情、アリーナの痴態が猛烈にクライヴを煽り立てるからだ。

「答えろよ！」

「……っ、……あ、ぁ——……」

何度目かの絶頂に飛べば、秘部がきゅうと収斂する。それからひくひくと蜜壁がクライヴを味わうように蠢いた。だが、鮮烈な快感がもたらす余韻に浸れるのも一時のことで、すぐにまたねっとりとした肉欲が全身を戦慄かせる。ぶるり…と背中を震わせ、虚ろな目でクライヴを見遣った。

(誤解を解かなければ……)

裏切ったわけではない。彼への愛が冷めてしまったわけではないことを今すぐ伝えなければ、クライヴはまた一人になってしまう。けれど、この現状でどんな言い訳が通用するというのか。王の閨に居る事実が、彼を裏切っているのだ。

クライヴのためにと思い決断したことなのに、彼を悲しませるだけだった。

取り返しのつかない間違いに後悔するも、媚薬が効き過ぎた体は指一本ですらアリーナの思い通りになりそうになかった。

憤怒の表情はいつの間にか悲しみに歪んでいた。苦しげに眉間を寄せ、傷心を浮かべながらアリーナを犯している。

「ク……ライ…ヴ……」

クッと歯を食いしばった矢先、背中に肌を密着させるように覆い被さってきたと同時に、うなじに噛みつかれた。

「ア……アァ……ッ」

快感とは違う痛苦に身もだえた。その間も粘膜がごりごりと擦られる。過敏になりすぎた体を押さえ込まれた状態で突き上げられるのが辛くて苦しい。

「こわれ……ちゃ…う、も……こわれ……る」

もんどり打つほどの淫猥な痺れに、飲み込みきれなくなった唾液が口端から零れた。

下肢ががくがくと震える。絶頂の兆しに抗うこともできないまま呑み込まれた刹那、長い吐精で胎内を濡らされた。

「ひ…ぁ、……あ……」

強ばった体が弛緩すると、そのまま意識も薄れていく。

「愛してるんだぞ……ッ」

完全に意識が途切れてしまう間際、慌ただしい足音が近づいてくるのを聞いた気がした。

☆★☆

それからアリーナは王宮の地下にある牢獄に囚われた。

石の敷き詰められた床は冷たく、明かり取りの窓は鉄格子が嵌められているだけの吹きさらし状態だ。冬の冷気と共に吹き込んでくる雪が床に積もっていた。

アリーナは囚人が着る簡素な服を着せられた。両手には鎖が付いた拘束具をはめられている。拳一つ分ほどの余裕は、せめてもの慈悲なのだろうか。

アリーナは風の当たらない隅に座り、ただひたすらに処分が下るのを待った。

今更どんな弁明ができるだろう。

クライヴを裏切ってしまった事実は、想像していたよりもずっと重い後悔となり、アリーナを苛んだ。

騒ぎ立てることもせず、終日、牢の隅に蹲っているだけだ。兵が一日に一度食事を持ってくるが、食欲は不思議と湧いてこなかった。

クライヴとはあれから一度も会っていない。裁判が開かれた時ですら、クライヴはその場に現れなかった。

罪状は王の暗殺未遂。

身に覚えの無い罪状に耳を疑うも、あの部屋から王のものではない短剣が発見されたことが決め手だった。

そうか。彼はあの時、枕の下から出てきた短剣を見て顔色を変えたのか。

王殺しは未遂であろうと重罪だ。

二代続けての犯罪は瞬く間に国中に広がり、アリーナは先王を慕う者たちの鬱積した恨みまでもぶつけられる立場となった。

シレイニ島に一人で居た時よりも、強烈な孤独感がアリーナを襲った。

「申し開きはあるか」

最上段に座る裁判長の問いかけに、アリーナは終始俯き頷きも否定もしなかった。裁判が始まる前に無理矢理飲まされた水に体の自由を失わせる薬が入っていたからだ。

つまり、どうあってもアリーナを罪人に仕立て上げたい人物が居るのだ。

それは誰なのか。

思い当たる人物は二人。グレイスとオルガだ。もしかしてグレイスこそオルガと通じていたのではないか。彼女なら砂糖にブラドを混入させることも可能だ。そして、アリーナを陥れる動機もある。

真相を知りたくても、アリーナを助けてくれる人は誰も居ない。最後まで味方だと言ってくれたクライヴですら、アリーナを見限ったのだ。

アリーナは流刑に決まった。

冬の荒波の中、小舟に乗せられ流されるのだ。事実上の死刑宣告を受けたようなものだった。

でも、悲観はしていなかった。

これで、楽になれる。

もう恨み言を聞かされずにすむ。後悔に苛まれなくてもいいのだ。

心残りはオルガの正体を突き止められなかったことだけ。けれど、ブラドの塊があれば、きっとクライヴはあの男を捜し出してくれる。困難な道のりだろうがクライヴならやり遂げてくれるだろう。そうすればローザも救えるはずだ。

——これでよかったのかもしれない。

自分の存在はクライヴを苦しめることしかできないのだ。こんな自分を愛してくれたクライヴには今も愛情しかない。見放されても愛していた。

思い出すのは、島での楽しかった思い出ばかりだ。二人で踊ったダンス、肩を寄せ合い読み合いをした童話、抱き合って眠ったあの幸福感。それだけあれば、もう十分だった。

人を愛するのに理由なんて本当はいらないのだ。それでも、自分の行動に理由をつけるのなら、ただ彼のために何かしたかった。

(結局、何もできなかったけど……)

間違いだらけの選択は、クライヴを困らせただけだった。あんなに愛してくれていたのに、自分はなんてひどいことをしてしまったのだろう。島にいたとき、クライヴから無知を指摘されて泣いたけれど、やっぱり自分は物知らずだったのだ。もっと勉強していたら間違えなかったかもしれない。

(味方だって約束したのに、ごめんなさい……)

大切な物ほど指の隙間から零れ落ちていく。もうアリーナは何も持っていなかった。

――また幻影が見えた。

だが、いつものような恨み言は聞こえない。自分も彼らと近い存在になりつつあるからだろうか。今では牢獄の寒さすら、よく分からなくなっていた。

「……ふふ」

アリーナはおもむろに石を積み始めた。アリーナだけに見える石で作る、自分のための墓標だった。


月の光が明かり取りの小窓から差し込んでいた。牢獄に一つの足音が近づいてきた。

「こんなところで会うことになるとは、驚きましたよ。アリーナ」

果たして、裁判から幾日が過ぎただろう。

名前を呼ばれることも久しく感じられるほど、アリーナは途方もなく長い時間をたゆたっているように思えた。

のろのろと顔を上げたアリーナは、鉄格子越しに佇む人物に凝然となった。

(どうして……?)

目の前に立っていたのは、オルガだった。

誰が見間違えるものか。黒々とした髪に、整えられた顎髭。線で描いたような双眸をした老獪《ろうかい》な様子の男は、緋色のマントを身につけていた。

「私を覚えておいでですか？」

にたりと笑う。細い目がさらに細くなった。

四年前と変わらぬ風貌で佇む男の、なんて忌々しいことだろう。

「オルガ……」

「ここではルターと呼びなさい」

聞いた名に、二度驚いた。

（ルターですって……？）

それは、クライヴが師と仰ぐ男の名だ。グレイスの養父でもある存在こそ、アリーナが憎むべき男だったのだ。

「愚かな娘ですね。おとなしく島でブラドを作っていればよかったものを」

今更の中傷になど、傷つきはしない。

アリーナは、ガシャンと音を立てて、鉄格子に飛びついた。

「ローザは……、彼女は無事なの……？」

「誰のことです？」

「――ッ、そんな」

しらを切っているとは思えなかった。すげない言葉が彼女はすでにこの世に居ないことを語っていた。

「――恐ろしい人」

人の死を語るのに表情一つ変えない男が心底恐ろしかった。

「どれだけの命を犠牲にすれば気が済むの……？　島のみんなを殺して、ローザも殺して、この国までも壊して、あなたは何がしたいの……」

「それをあなたに話す理由がありますか？」

「オルガ!!」

叫び、積年の恨みを込めて睨みつけた。

「どうしてっ、なぜブラドを悪用したの！」

漂流者だというから助けた。助けたいものがあるというからブラドの存在を教えた。すべて善意からしたことだ。

「私を王殺しに仕立てたのも、あなた？」

問いかけに答える声はない。オルガは口元に笑みを浮かべて佇んでいた。

(あぁ、この顔。そうよ、この男はいつだって笑っていた)

飄々とした姿に確信した。この暗殺未遂事件は彼が仕組んだものだ。

「どこまで私を苦しめ続けるつもり？　いったい私があなたに何をしたというの……ッ!!」

「たまたまあなただった。理由があるとするなら、その程度です」

こともなげに告げられた答えに愕然とする。失笑も出なかった。

そんな理由で誰かを苦しめ続けることができるのか。この男に良心など端から無いのだろう。

「あなたは実に扱いやすい駒でした。愚かなままであったら、今この場にはいなかったでしょうに。人にはそれ相応の役割があるのです。身の丈に合わぬ願望を持つのなら、伴う危険をも覚悟すべきでしたね」

「どういう意味？」

「ご自分で考えなさい」

そんなことも分からないのかと言わんばかりの口ぶりに、ギリッと奥歯を噛みしめた。

(私が何をしたというの？)

クライヴの力になりたいと願ったことが、オルガの言う身の丈に合わない願望だったというのか。ならば、アリーナにふさわしい役割とは何だ。

「あなたは何がしたいの？」

宰相としてこの国の舵取りをする傍らで、オルガの名で衰退へ向かう歯車を回している。矛盾する行動の根底には何があるのだろう。

初めて、理由が知りたいと思った。

「不憫ですね。ご両親と同じえん罪を背負ってしまうとは」

聞き流されたことに苛立ちが籠もった。アリーナでは話すだけ無駄とでも思っているのだろう。

「えん罪……？　ではやはり、ロイス公爵はナタリア女王を殺してはいないのね？　あなたはそれを知っていて黙認していたの？」

「おや、そんなことまで知っているとは。クライヴ様は少々喋りすぎましたかな」

「そんなことはどうでもいいわ！　答えて!!」

ロイス公爵が無罪であると知りながら、それを明らかにしようとしなかったのはなぜだ。

オルガはただ静かに笑みを浮かべるだけだった。

「クライヴは必死に国を救おうとしている。あなたがブラドを国に撒いたせいで、たくさんの人が苦しんでるわ！　どうしてそんなひどいことができるの？　人の命を何だと思ってるの!?　クライヴの姿があなたには見えていないのっ!?」

「――見えていますよ。あの屑《くず》の血が混じっているとは思えないほど、実にナタリア様に似ていらっしゃる」

「だったら！」

「さぁ、お喋りはこれで終《しま》いです。稀代《きだい》の悪女となりご両親のもとへ旅立ちなさい」

目を剥くアリーナを尻目に不敵な笑みを残し、オルガは去っていった。

聞こえなくなった足音に歯ぎしりする。こんなにも悔しいと感じたのも人生で初めてだ。

「誰か……誰か居ないの？　お願い、一度だけでいいからクライヴに会わせて!!　どうしても伝えなければいけないことがあるの！」

アリーナの喚きがむなしく地下牢に木霊する。それでも声が嗄《か》れるまで叫んだ。無駄なあがきだと思い知らされるまで、どれくらいの時間を費やしただろう。

（どうしたらいいの……）

アリーナの訴えはもう誰の耳にも届かない。けれど、伝えなければ事実はまた闇に埋もれてしまう。せめて一言、伝えることができれば……。

アリーナは明かり取りから差し込む冬の月明かりを見上げた。

青白い光が静かに語りかけてくる。「私を使いなさい」と。アリーナはじっと月が照らす場所を見つめていたが、おもむろにそこへ座り込むと爪を立てた。

その夜から処刑の日まで、石床を掻く音が響くようになった。

☆★☆

処刑場に指定された海辺の小舟には、四肢を拘束された咎人が乗せられていた。

荒ぶる波が今にも小舟を呑み込まんとうねりを上げている。

だが、咎人を憐れむ声は上がらない。

金と銀の髪を持つ女に浴びせられる罵倒。かつて、彼女の父に殺された先王の恨みを代弁するかのような誹謗と中傷が叫ばれていた。

「火を放て――ッ!!」

号令が響き、兵が一斉に火の付いた矢を放った。無数の矢は火の雨と化し、小舟を襲う。

咎人が矢の雨に倒れた直後、小舟は火だるまになった。

第五章　暴かれる真実

――お前のせいだ。


目を開ければ、クライヴは赤々と燃える大地に立っていた。

のどかな島に広がる火の海。立ち上る黒煙が空を黒く覆っている。

阿鼻叫喚が響くそこは、クライヴが知るシレイニ島とはまるで様相が違っていた。なんてすえた匂いだ。辺りは腐敗臭が満ちていた。

クライヴは顔をしかめながら、ゆっくりと海沿いの道を進んだ。すると、視界の先で小さな人影を見つけた。

地面に蹲った、小さな少女。金色の髪が風に揺れている。あそこに居るのは――。

「ア…リーナ……？」

おのずと歩みが速くなった。

「アリーナ！」

だが、少女は振り向かない。淡々と道ばたの石を拾い集め、それを積んでいる。

あぁ、そうか。これがアリーナの見ていた世界なのか。

オルガが島民たちを殺戮した日の光景なのだ。聞こえる悲鳴は殺された島民たちのものだろう。そして、アリーナはこの声に詫びていた。

これが彼女を苦しめていた闇。アリーナを孤独へと追いやった島民たちの無念だ。

どうして自分がそれを見ているのか。

不意にアリーナの周りを黒焦げの人間たちが囲った。アリーナはおもむろに顔を上げる。見えた横顔は涙に濡れながらも、安堵に満ちていた。

迷うことなく彼女は立ち上がった。

「駄目だ、アリーナ！　行くなッ!!」

彼らと行っては駄目だ。

焦燥に急き立てられ息が苦しい。必死に足を動かし駆け寄ろうとするも、アリーナとの距離は一向に縮まらない。

「アリーナ!!」

もうアリーナに自分の声は届かないのか。

夢の中だからか、足が鉛のように重い。焦る気持ちばかりが先走った。

嫌だ、戻ってきてくれ。

君が父に寝返ったなどと思っていない。愛していると言ってくれた、あの言葉こそ真実なのだろう。理由があったのだと分かっていたけれど、アリーナの口から父への寵愛を乞う言葉を聞いた瞬間、頭の中が焼き切れた。我を忘れるほど怒りに支配された。愛しているから、嫉妬した。どうしても信じたくなかったのだ。

「アリーナ――ッ!!」

その時だ。遠ざかるアリーナがおもむろに振り返った。貝殻のブレスレットをした方の手で指さされたクライヴの足下には琥珀色をした墓標があった――。

ハッとして目が覚めた。

(――夢……か)

目を開いたまま、辺りを見渡した。ここはクライヴの寝室。

クライヴが再び高熱に倒れたのは、王の閨を後にした直後だった。朦朧とした日を幾日過ごしただろう。

「アリーナ……」

呼びかけに答える声がないと知りながら、何度も彼女の名を口にした。もしかしたら、あの扉から現れるかもしれないと思えば、呼ばずにはいられなかった。

後宮の一室でアリーナを見てからずっと、クライヴは悶々としていた。

あの日、王の寝所に行く前に、グレイスからアリーナの寝返りを打ち明けられた時も、クライヴは決して耳を貸そうとしなかった。

『アリーナはそんな女じゃない！』

『恋は人を盲目にも愚かにもさせるものです。あの娘はオルガを見つけて欲しければ、王への渡りをつけろと確かに言いました』

『だから、それが嘘なんだ！　なぜ父のもとに行く必要があるんだ！』

ただでさえ長期化の気配を見せているブラド糖の一件で苛立っている最中、聞かされた戯れ言につい声を荒らげた。

が、グレイスの一言で一気に冷や水を浴びせられた。

『あなたが誰よりも王座から遠い存在だからです』

『な……に』

『あの娘は貞淑なふりをしながら、随分としたたかでしたよ。同じ寵愛を受けるのなら力のある者の方がいいに決まっている。そのようなことを言っていました』

王座に一番近い場所に居ながらも、誰よりも王座に就く可能性が薄い第一王子。それよりも、うだつの上がらない王が魅力的だとでも言うのか。違う、アリーナはそんな女ではない。

彼女のことは誰よりもクライヴがよく知っている。まだクライヴの身元が明らかになっていない間も、彼女は心を配ってくれていた。何の見返りも望んでいない、無償の愛を生まれて初めて感じた。

クライヴの周りにいる人間は何かしらクライヴから搾取しようとする者ばかりだ。損得の中でしか成り立たない人間関係に嫌気がさしていた時に与えられた優しさがどれほど嬉しかったたか。

アリーナの側は居心地がいい。愛されることの喜びを教えてくれたのは、他でもないアリーナだ。

愛していると言ってくれた。救いたいと願いながらも、彼女の存在に救われていたのはいつだってクライヴの方だ。

そんな彼女が権力などに目が眩むものか。クライヴはアリーナの愛を信じる。

『嘘だな』

戯れ言を鼻先で笑い飛ばした。

――アリーナは決して裏切らない。

確信があったからこそ、グレイスの挑発を一蹴したのだ。何かとアリーナを目の敵にしていたグレイスの言動は目に余るものがある。

『いい加減なことを言うのは止めろ。それ以上は俺への侮蔑ととる』

『ならば、私とあの娘と、どちらが真実を話しているのかクライヴ様の目でお確かめください』

なぜ、そこまで声に自信が籠もっているのか。

クライヴはその足で王宮へと戻り、アリーナが待つという部屋へ赴いたのだ。その後は、すべて見たとおりだ。

肌が透ける破廉恥な衣装を身に纏い、後宮の一室で待っていたアリーナ。決してクライヴの前ではしないだろう痴態を晒してでも、力が欲しかったというのか。

(――考えられない)

何度立ち戻って考えても、答えは同じだ。アリーナが父に寝返るなどありえなかった。

ならば、なぜ彼女は自らの意思であの場に居たのか。

今、アリーナはどうしているのだろう。

そこで、ふと思い立った。

――今日は何日だ。

病に伏しながらも、アリーナのことは逐一報告させていた。

寝具に隠されていた短剣が証拠となり、アリーナは王殺しを企んだ罪で刑にかけられようとしていたはずだ。

クライヴは刑を阻止するべく、持ち帰った切り札を使った。ルターを呼び、シレイニ島で知った情報を伝え、エクセリール国に戻ってから集めた裏付けと共に、十五年前の王殺しの真実を明るみにするよう頼んだ。

それから、どうなったのか。

なぜ、今彼女は側に居ない。裁判はどうなったのだ。

全身の血が引いた。心臓が恐怖に縮み上がる。クライヴはベッドから飛び起きると、部屋の扉を蹴り飛ばした。向かった先は、アリーナを捕らえた地下牢だ。

が、そこはもぬけの殻となっていた。

がらんどうな地下牢には、もの寂しさばかりが漂っている。明かり取りから吹き込む吹雪がクライヴの頬を撫でた。窓の下には吹き込んだ雪が小さな山を形成している。

クライヴは現実に絶句した。

「ク、クライヴ様……？」

収監兵がたじろぎながら、こわごわ声を発した。

クライヴは空っぽになった地下牢に茫然自失としながら「――どこだ」と呟いた。

「――は？」

「アリーナはどこだと聞いているんだっ!!」

「し、処刑されました！」

上げた悲鳴にクライヴはあらん限り目を見開いた。

「な……に……？」

「アリーナ・ダインリーは、フィランダ王暗殺未遂の重罪人として、今朝流刑が執行されました！」

耳を疑う現実をどうして受け入れられるだろう。

凝然としながら、狼狽える収監兵を見ていた。

「馬鹿な——、……ッ！　そんなわけあるかっ!!　なぜあれが重罪人になるんだっ!?」

怒号が地下牢中に轟いた。

「あれは何と言っていた!?　潔白を訴えていたはずだっ!!」

なにより、ルターに託した切り札が正しく使われていれば、国王暗殺未遂などという罪名がつくはずがない。なぜなら、現国王のフィランダこそが、前国王を殺した罪で裁かれる立場だからだ。

(間に合わなかったのかっ!?)

高熱に浮かされていた中での采配だ。時間の感覚も曖昧で、終始朦朧とした意識の中をたゆたっていた。

「いえ、それが……っ」

震え上がった収監兵が語った言葉に、クライヴは愕然となった。

アリーナの裁判は一度きりしか開かれず、その間アリーナは黙秘を貫いたという。

なぜ何の釈明もしなかったのか。

裁判から刑の執行までに要した時間は、わずか一週間。アリーナは民たちが傍観する中、小舟で海へと流され、火のついた無数の矢を浴び海へ沈んだ。

凄惨な最期を聞かされて、クライヴは声すら出なかった。

クライヴが回復するまでにすべてを終わらせようとする意図を感じてならない。

そこへ、遠くから駆け足で近づいてくる足音があった。

「こちらにクライヴ様が来ては――ッ」

ゆるりと振り返ったクライヴの形相を見て、グレイスは言葉を呑み込んだようだった。が、表情を引き締めまっすぐクライヴを見据えた。

「クライヴ様。まだ病み上がりの御身でございます。寝室へお戻りください」

だが、クライヴはその声を無視し、再び地下牢を見た。

――なんて寒々しい場所なのか。

（ここにアリーナは居たのか）

罪人ともなれば最低限の扱いしかされない。王殺しを企んだとなればなおのこと。寒さをしのぐ物すらろくに無かったはずだ。

――なぜだ。

目覚めてからずっと胸に広がる「なぜ」が明確な刃を以て、心を刺した。

孤島の暮らししか知らない女だ。毎日を必死に生きていた。追い立てられるように朝から晩まで労働にいそしむ、慎ましくも芯の強い女だった。そして、彼女は他人を労ることのできる女だった。アリーナとの島での営みは、幸福に包まれていた。

苦悩に苛まれている心を救ってやりたかった。守りたかった。

オルガによって植えつけられた恐怖心に打ち勝つために、彼女が必要とした勇気はどれほどのものだったのか。

役に立ちたいと彼女は言った。他人を気遣うことばかりを優先し、自分のことには無頓着なアリーナが口にした初めての願望に自分は何と答えたのだったか。

足手まといだと一蹴したあげく、これ以上騒ぎを起こすなとまで言ったのだ。

「――クソッ!!」

ガンッと鉄格子を殴りつけた。

明かり取りからは静謐な月明かりが降り注いでいた。

ふと、床に不自然な傷がついていることに気がつき、グレイスたちの制止も聞かず牢の中へ入った。跪いて目を凝らすが、薄暗い地下牢ではこれが何なのかよく見えない。

「明かりを持て!!」

収監兵が持ってきたランプを奪い取り、その場所を照らす。刹那、ぞっとした。

あったのは文字だった。石床に刻もうとした痕跡が後にいくにつれ、血文字となっていた。ここには石に刻めるようなものはない。些細な物ですら、武器となる恐れがあるからだ。

アリーナは爪でこれを刻もうとしていたのだろう。が、末尾がかすれてしまっている。文字が消えないよう注意しながら、でも夢中で文字をけぶらす埃を払った。

刻まれている文字はシレイニ島で使われていたものだ。あえてこの文字を使ったことに意味がある気がしてクライヴは必死に記憶を辿り、文字を読み解いた。

……ル…、オル……ガ。オルガ……、ル…ア。いや、違う。滲んで消えかけている文字はタだ。

次の瞬間、全身が総毛立った。

『オルガはルター』

記された文字に凝然としながら見入った。

（ど……ういうことだ。ルターがオルガだと……？）

嘘だ、と思った。

だがアリーナがルターを貶める動機がない。

「……ルター卿がここに来たのか？」

低い声音に、兵が狼狽えた。

「は、はい」

「いつだ」

「三日前だったと」

三日前。

「お前は二人の会話を聞いていたか？」

「いえ、ルター卿が人払いをしましたので、私は側におりませんでした。……ですが、あの」

「何だ、言え」

射貫く視線に兵は震え上がりながら答えた。

「ただ、女が床を引っ搔くようになったのは、その後からです。ちょうどクライヴ様がおられるその位置です」

クライヴはやり切れない思いで血文字を見た。

アリーナはクライヴにだけ分かる方法でオルガの正体を書き残してくれていたのだ。

一瞬でも彼女の想いに疑問を持ってしまった自分が恥ずかしい。

アリーナはクライヴを裏切ってなどいない。彼女は死の間際までクライヴに応えようとしてくれていた。

彼女の心は最後まで自分の側にあったのだ。

——ならば、誰がアリーナを王の閨に向かわせたのか。

導き出した首謀者をクライヴはゆらりと見遣った。

「——お前か、グレイス。アリーナを父のもとへやったな」

抑揚のない問いかけが、寒い地下牢に響いた。

「あなたの未来を憂いてのことです。致し方のないことだったとご理解ください」

「致し方がなかっただと……？　ふざけるなっ、何と言ってアリーナを嵌《は》めたっ⁉」

胸ぐらを掴み上げ、間近から薄茶色の瞳を睨みつけた。

「……取り乱すなど王族らしからぬ振る舞い。お怒りをお鎮めください」

「かまうかっ！　言えっ‼」

「——国王陛下がオルガと通じているという情報がありました。アリーナには王の閨にてオルガの正体を国王陛下の口から聞き出すようお願いしたのです。それがクライヴ様をお今更どうやって尋ねろというのだ。アリーナは海の底へと沈んだ。

「さぁ？　それは本人にお尋ねください」

激高に、グレイスはすぅっと冷淡な眼差しをした。

「それがなぜ父を手に掛けることになるんだっ!?」

助けすることになると」

「……畜生ッ」

胸ぐらから手を外し、ずるずると地面にへたり込む。

「あの娘はあなたのお側には似合いません。あなたは王となるお方です。愛だけで伴侶を選べるお立場にないことは重々ご承知のはずだったでしょう？」

「愛した女一人も守れず、何が王だ！　……アリーナは、違う……。あれを罪人の娘と言わしめたのは俺たちだ……ッ」

「どういうことですか？」

「ロイス公爵は母を殺してなどいなかった。すべては父が母とロイス公爵の仲に勝手に嫉妬し謀ったことだったのだ」

長老の手記に書かれていた独白がクライヴに十五年前の真相を教えてくれた。独白者はアリーナの養父だった男だ。

当時、まだ王女だったナタリアと隣国の王子だったフィランダの結婚は同盟の証として結ばれた政略的なもの。だが、ナタリア王女の美しさにフィランダは心を奪われた。しかし、その時すでにナタリア王女の側には従兄であるロイス公爵が居た。フィランダは自分よりもすべてにおいて優れていたロイス公爵を目の敵にし、やがて妻への愛も歪んでいったという。ナタリア王女が女王に即位してからも、ロイス公爵はルター将軍と共に尽力した。時には同志となり、そして時にはナタリア女王を律する存在として、女王からも絶大な信頼を得て、その地位を不動のものとしていた。

フィランダは妻の心が自分にないと思い込み、女王暗殺を企てた。自ら振る舞った紅茶に毒を盛り、女王とロイス公爵の体の自由を奪った上で、ロイス公爵の剣でナタリア女王を刺殺したのだ。その後、ロイス公爵をも殺し、自らを女王の敵を討った英雄と謳い、次の王座に就いた。王となったフィランダは、口封じのためにロイス公爵家の取りつぶしと一族の処刑を言い渡し、アデラ夫人は混乱の中、一人の騎士にアリーナを託した。

「それが真相だ」

地下牢に沈黙が落ちた。

だが、すべては過去だ。それにあの時点では証拠も何もない。だからフィランダ王が王位を自らの意思で退き、王座をクライヴに明け渡すのであれば、すべてをクライヴ一人の胸の内に留めておくつもりだった。

エクセリール国を愛している。母が慈しんだあの豊かな国へともう一度導きたい。

そして、国と同じくらいアリーナを愛している。どちらも手に入れたいと思うのは、それほど大それたことだったのだろうか。

愛する国のために最愛の恋人の命を犠牲にしたのか。

――過去は変えられぬとも、この先をどう歩んでいくかは誰に強要されるものでもないはずです。過去のしがらみに囚われることなく生きて欲しい。……薄情だとお思いになってくださってもかまいません。私が願うのは、アリーナと故郷に残してきた娘の幸せなのです――

日誌に綴られてあった養父の言葉が胸に刺さった。

「――アリーナは死んだのか……?」

「はい。海に沈む姿を見ました」

拭いきれない後悔で心がつぶれそうだ。

極寒の海の中はどれほど暗く冷たかっただろう。

愛していた。幸せにしたかった。側に居て欲しかった。

必ずアリーナを守ってみせると誓った決意は、どこへ置いてきてしまったのか。「最後まで味方だ」と語った言葉はたった今、薄っぺらい偽善となった。

――どこを探しても、彼女は居ない。

クライヴは嗚咽を零した。後悔は涙となり頬を伝う。

自分はアリーナに何をしてやれただろう。

彼女を死に追いやったのは、自分だ。

グレイスがアリーナを罠に嵌めた。そこにさらなる罠を仕掛けた者が居る。アリーナは両親と同じえん罪を背負わされたまま、海の藻屑となって消えた。

クライヴを恨んでも当然の状況の中、それでも、アリーナは死の間際までクライヴを想ってくれていた。この血文字が彼女の心のような気がしてならない。どこまでも他人のことしか考えない恋人が愛おしい。

血文字の上に涙がいくつも落ちた。

「アリーナ……ッ」

額を石床に擦りつけむせび泣いた。

永遠に失ってしまった愛しい人。もう一度会えるなら、何だってする。すべてを捨ててもかまわない。

会いたい、会いたい。——アリーナッ。


『お願い……。何があっても……必ずオルガを捕らえて……』


脳裏に蘇った声に、ハッとした。

夢で見たアリーナが指さした琥珀色の墓標。ブラドの塊を積んでできた塔だった。

愛する人が残した最後の願いだ。書き残した血文字が示すのはクライヴが探し求めていたオルガの正体だ。

アリーナはもう居ない。だが、彼女の願いはまだここに残っている。

オルガを捕らえ、ローザを救う。それがアリーナがクライヴに託したことなのだ。

――まだ自分にはやるべきことが残っている。

打ちひしがれようとも立ち上がれと、どこからか声が聞こえた。

踏み出すための力は、彼女がくれた。

こんなところで打ちひしがれている場合ではない。

差し込む月明かりが、未来を照らす光明に見えた。

「ルター卿は、今どこだ」

「――執務室にいらっしゃるかと思われます」

控えていたグレイスをじっと見遣った。平静を装ってはいるが、その表情には陰りがあった。

「お前は敵か、それとも味方か」

忠誠を疑われたことに、ぐっとグレイスが眉間に皺を寄せた。

「私が生涯お仕えするのは、クライヴ様だけでございます」

恭しく頭を垂れた姿にクライヴが目を眇める。

彼女が男なら、拳を振り上げることで水に流せていたかもしれない。しかし、クライヴは女を殴る拳を持ち合わせていない。

「ならば、証明してみせろ。宰相ルターがオルガだ。お前ならブラドの隠し場所に見当がつくだろう」

長年、彼の養女であったグレイスなら、ルターの懐を探ることも可能だろう。

わずかにグレイスの体が強ばった。

「承知いたしました。必ずやご期待に沿ってみせましょう」

発せられた声によどみはなかった。

☆★☆

扉を開ければ、執務机で政務をしている男がいた。

部屋にはルター一人きり。煌びやかさを好んだ父とは正反対の、洗練された内装は質実剛健を謳う男にはふさわしい。

「クライヴ様、流行病を患っていたと聞き及んでおりましたが、もうお加減はよろしいのですか？」

クライヴは無言で持っていた物を机に置いた。カツン…と硬い音を立てて転がる。ブラドの塊だ。

「オルガ。それがあなたの通り名だったのだな。ルター卿」

ルターは身じろぎもしなければ、肯定も否定もしなかった。

「シレイニ島を襲い、島民を惨殺しただけではなく、エクセリール国まで傾けんとする目的は何だ。あなたほどの男だ。金や権力に目が眩んだわけではないだろう」

「ほぅ……」

面白そうにルターが目を眇めた。

「ローザはどこだ」

「誰のことです？」

「シレイニ島からあなたが連れ去った女のことだ」

「存じ上げません」

平然と告げる口調は、痛くもない腹など探られても平気だと言わんばかりだ。

これまでオルガの正体を摑めずにいた理由も、これで合点が入った。クライヴの行動はすべて彼に筒抜けだったというわけだ。

「アリーナを王殺しの罪人に仕立て上げたのはお前なのか」

「あの娘は自らの意思で国王を手に掛けようとした。動機は両親を殺された逆恨み、そう聞いております」

「嘘だな。アリーナは人を殺められるような女ではない」

ルターは一笑に付す。

「悪党がすべて悪党面をしてくれれば、楽なものです。思いもよらぬ者が時として大罪人になる。そうしたものではありませんか？」

「あなたのようにか？」

「私はクライヴ様に剣のご指南をさせていただいた時より、何も変わっておりません」

「だろうな」

不審な素振りはこれまで一度として見受けられなかった。

しかし、本当にそうだったのだろうか。クライヴのひいき目があったとは思えないだろうか。よもやの人物が犯罪に手を染める。それは必ずどこかで表面化してくるはずだ。見抜けなかったのは、ルターへの信頼が真実を隠してしまったせいではないのか。

「もう一度、聞く。なぜ国を傾ける」

復興に尽力する傍らで、衰退の歯車を回したのはなぜだ。多くの命を犠牲にしてまで果たしたかった目的にどれほどの大義があるというのだ。

「聞かせて欲しい、ルター卿。なぜだ」

クライヴの知るルターという男は、大地に根を張る大樹のような男だった。頼もしく、そしてしなやかな強さを持っていた。どれほど不利な戦況であっても、決して諦めることのない心の強さ。それを後押しする戦略と行動力。先王ナタリア女王に忠誠を誓い将軍として仕えた男は、クライヴのよき師であり、敬愛する存在だった。

だからこそ、彼がオルガとして暗躍していた理由が知りたかったのだ。

高圧的な口調を一転させたことで、わずかだがルターの硬質な気配が揺らいだ。

ルターは立ち上がると、飾られている一対の短剣を手に取った。一つをクライヴへ投げる。

「その口調、ナタリア様とそっくりですね。本当によく似ていらっしゃる。ですが、私から引き出したいものがあるのなら、勝ち取りなさい」

その直後、ルターが斬りかかってきた。咄嗟に後ろへ飛び退き、短剣を構える。が、息つく間もなく間合いを詰められた。ルターの猛攻に押され、防ぐだけで精一杯だ。戦いの場を戦場から政治の場へ移してもなお、ルターは強い。襲いかかる短刀がクライヴの皮膚を少しずつ斬りつけていった。

「……くッ」

反撃に打って出た刹那、肘で短剣の軌道を変えられ懐に飛び込まれる。そのまま顎を肘で突き上げられ、視界がぶれた。よろめいた隙に短剣を払い落とされ、足払いを食らって床へとなぎ倒される。額目がけて振り下ろされた切っ先を転がることでよけられていなければ、頭をかち割られていただろう。まだふらつく頭を気力だけで保たせ、再び戦闘態勢を取った。

「クライヴ様ッ!!」

「下がっていろ!!」

飛び込んできた近衛兵を一喝し、制した。

ルターははじき飛ばしたクライヴの短剣を手にし、二刀を携える。形勢は誰が見てもクライヴが圧倒的に不利だ。が、諦めるわけにはいかない。

必ず勝つ。

精神を研ぎ澄まし、ルターの一挙一動に集中する。ゆっくりと立ち上がり構えた。短剣に対しての肉弾戦。しかし、勝利に必要なのは武器の強さだけではない。

床を蹴り、自ら接近戦へと持ち込んだ。短剣の動きを読み、腕で流しながらかわす。肘に打撃を与え、生まれた一瞬の怯みを利用し今度はクライヴがルターの短剣の一本を払い落とす。だが、それは囮だった。死角になった場所からもう一本がクライヴを襲う。

「――ッ!!」

腕の肉を抉られた痛みに臆すること無く、咆哮を上げながら力尽くでルターを床になぎ倒した。

「ぐ……ぁッ!」

二本目の短剣を奪い取るとルターの手のひらに突き立て、床へと縫い付けた。

喉元を手で押さえ込めば、一変して静寂が戻った。

互いに見合ったまま、どれくらいその体勢でいただろう。激闘を見守っていた近衛兵たちが固唾を呑んだ。

「クライヴ様は……今のエクセリール国に何を望まれますか?」

沈黙を破ったルターが、おもむろに問いかけた。

「何が必要で、何を正すべきとお感じになりますか?」

静かな問いかけに、睨みつける眼光を緩めることなく、クライヴが答えた。

「……今、エクセリール国は暗澹たる闇に呑まれようとしている。這い出すには民を率いるだけの力を持つ指導者が必要だ」

「しかし、フィランダはその器でない。クライヴ様もその目でご覧になったことでしょう。国民の不満は遠くない未来、必ずや爆発し、王宮へ向けられる。それを恐れたフィランダは圧倒的な力を求めた。己の保身のため、無能さを隠すために、恐怖政治を布こうとしました」

それは、クライヴも初めて知らされることだった。

圧倒的な力とは何だ。

(それがブラドだったのか?)

ルターの口調にはフィランダ王への嫌悪が滲んでいる。仮にフィランダ王がルターに命じたのだとしても、彼が素直に従うような男で無いことは、クライヴもよく知っている。ルターには目的があった。そう考えるべきだ。

「この国の腐敗は深刻です。フィランダが王座に就くために取り込んだ貴族たちは、今度は言葉巧みに王を取り込み、私腹を肥やしました。力の無い王は喜んで彼らの傀儡に成り下がった。彼らこそ、討つべき敵なのです」

「それがブラドを使い、貴族たちを殺した動機か?」

「私は一言も殺したとは申しておりません。事実をお伝えしているだけでございます」

「ほざけ」

クライヴが突き立てた短剣をさらに押し込む。ルターの表情に苦悶が滲んだ。

決定的な言葉が出ていない以上、国政への不満を口にしていると言われればそれまでだ。

「あなたは何を企んでいる」

「あの方が愛した国を汚す者は誰であろうと許しません。フィランダが力を欲するのなら、いくらでも与えましょう。使い方も知らぬ愚か者が辿る末路など、想像するも容易いことです。ご覧になったでしょう、薬に溺れた惨めな姿を」

「父にブラドを飲ませていたのかっ!?」

「私は王のお心に従ったまでです」

「そんな理屈がまかり通ると思っているのかっ！」

フィランダが自滅するのを待っていたというのか。そのためなら国民がどうなってもかまわないとでも思ったのか。

彼のエクセリール国への愛国心の陰から見え隠れするのは、フィランダに対する強烈な嫌悪。

「ブラドを蔓延させたのは、父を王座から引きずり下ろすためか。国民の不満を利用したな」

群衆の声は時には王をも殺す。父も彼らの恐ろしさを肌で感じたからこそ、怖じ気づいたのだろう。国民と向き合う強さがなかった。それが王座から逃げた理由だ。

それでも、クライヴにその座を譲りたくはなかった。クライヴがロイス公爵に似ていたからだ。

——嫉妬深い黒の騎士は、女王と赤の騎士を手にかけ、後に王となる。

自分ならその続きはどう紡ぐ。

「父を陥れるためにすべて画策したのなら、現状に満足しているだろう。望みどおり、父は廃人も同然だ。だが、そのために国が傾こうとしているのだぞっ！　なぜ他の道を選ばなかった。お前の愛したエクセリール国を犠牲にしてまでの価値があったのか!?」

「私がいつエクセリール国を愛していると申しましたか？」

「何……？」

思いがけない告白に、瞠目した。

「ナタリア様の居ない世界など、私には何の興味もないのですよ」

「あなたは……」

それは、ルターが抱く母ナタリアへの想いだった。

自分は根本的にはき違えていたのだ。ルターは愛国心ゆえに国を傾けたのでは無い。

「私は決して許さない。あの男も、殺害を阻止できなかった公爵も」

発した声音こそ静かだったが、まっすぐクライヴを見据える双眸に込められた憎悪はすさまじかった。ぞくりと悪寒に肌が粟立つ。

「ルター、あなたは自分で何を言っているのか分かっていないのか。ロイス公爵を恨むのはお門違いだ。彼に非は無い！　アリーナを罠に嵌めたのも、それが理由か？　ロイス公爵の娘だったからか？　あなたはいつからそれに気づいていた」

「そんなことはどうでもいいのです。あれが誰の娘だろうと、あなたが誰を愛そうと関係ない。ただ、身のほどをわきまえていれば、死なずにすんだということです。あなたの隣に立てるのは后となる方のみ」

つまりは、アリーナがオルガを見つけようとしなければ、死なずにすんだということなのか。クライヴが彼女に協力を求めなければ、今もアリーナは自分の側で笑っていられたとでも言うのか。

「俺はアリーナ以外娶るつもりはない！」

「なりません。王の婚姻は国益の手段であり、王の義務です。よもや王たる心構えをお忘れになったわけではありますまい」

王たる者は、孤高であること。国民を最愛の者とすること。だからこそ、母ナタリアはフィランダに愛情を示した。国の安寧と世継ぎを残すためだ。

「私を止めたければ、王におなりください」

状況は明らかにクライヴが優勢なのに、喉元に剣の切っ先を突きつけられているみたいだ。

国を変える覚悟を決めろと迫られている。

「国のため民のためを思うなら、何をすればよいのか。誰が王になるべきか、あなたならご存じのはずです。もうフィランダに叶わぬ希望を抱くのはおよしなさい。あの方はあなたを愛してなどくれない」

クライヴの弱さを見抜かれ、咄嗟に言葉が出てこなかった。

「あなたがなさらないから、誰かがやるしかなかった。そうは思いませんか？」

「――そのための粛正なのか」

クライヴが新たな王に立つための舞台をルターは整えようとしていた。私腹を肥やした貴族たちを葬り、父をも崩御させた上でクライヴを玉座へと押し出す。これまでクライヴが地道に活動を続けていた成果は国民たちの支持を見れば明らかだ。

フィランダ王には手に余る代物だったが、ルターにとってブラドはそれらすべてを叶えられる打ってつけのものだった。

「クライヴ様、今こそ王とおなりください。民たちを導ける覇王となるのです。あの方の愛した国を蘇らせてください」

やり切れなさに、クライヴが首を振った。

「それはあなたの願望だ。持論を正論のように話しても、犯した罪の重さは変わらない」

国に興味が無いと言った側から、国を守れと言う。

「死んでいった者たちの命をどう後世に語り継がせるかは、あなたの行い次第でございます」

「違う、この世界に軽んじていい命など存在しないんだ。アリーナは死ぬ必要はなかった！」

そこにどんな理由があろうと、彼女が無実である事実は変わらない。

「彼女は俺の楽園だった」

これで、またクライヴは一人になった。もうどこを探しても心安まる場所などありはしない。

喉元を摑む手から力が緩んだ。

「不安になることはありません。あなたの歩まれる道は誰のものよりも険しいはずです。そこを進めばいい。苦しければ仲間を使いなさい。心寂しければ愛する者を側に置きなさい。彼らを愛しなさい。それは必ずあなたへと返ってきます。己の弱さを知る者だけが強くなれるのです」

これ以上の険しい道のりなど、どうして一人で歩いていけるだろう。

「あなたは――ひどい人だ」

「私は一度もあなたに優しくした覚えはありませんよ」

クッとクライヴが喉を鳴らした。流した涙がルターの顔に一滴落ちた。

「私はいずれあなたの歩む道の邪魔となるでしょう。私は少々、政務に携わりすぎました。ならば、今のうちに退いた方がよいのです」

「ルターッ!!」

「私をあの方のお側へ送ってはくださいませんか。私が生涯忠誠を誓ったお方はナタリア様お一人にございます」

「何なんだッ！　誰も彼も、なぜ自分勝手なことばかり言ってくるっ!?　俺は何一つ許してなどいないぞっ！」

ドンッと床を殴りつけた。

ルターが弱り顔になって苦笑する。

「クライヴ様。最後の授業をいたしましょう。あの処刑で不審な点はございませんでしたか？」

「不審な点……」

見ていないことに、どんな不審を抱けるというのか。火のついた矢で射貫かれ、海の藻屑となったアリーナ。

そこまで考え、ふと疑問が湧いた。

(本当にアリーナだったのか……？)

単純な疑問だが、クライヴは小舟に乗せられたアリーナを見ていない。グレイスの言葉を聞き、死んだと思い込んだ。

だが、ルターの口調から察するに……。

――まさか。

かすかな希望の光を見た。

その瞬きは小さく、クライヴの願望が見せた幻かもしれない。

「生きているというのか……？」

生きているのなら、今どこに居るのか。

信じられない思いを抱えながら、ルターを凝視した。

「あなたは何を隠している……」

「最善の選択は常にすぐ側にあるものです」

あくまでも自力で見つけろと、そう言うのか。

「なぜ、それを俺に教える」

アリーナが生きていることを、どうしてクライヴに教えようとするのか。

ルターはクライヴの前に広がる幾本もの道を見せるだけ。どれを選ぶかはクライヴ次第だ。

正しき選択をし続けること。——そう、彼はいつだってクライヴにそれを教えてきた。

その思いを受け継いだ者をクライヴはよく知っている。

生きているのなら、彼女はどこに居るのか。

そんなことは考えずとも知っている。彼女が帰るなら、あの場所だ。

「お前の処分は追って申し伝える。それまで死ぬことは許さん」

立ち上がり、クライヴは近衛兵たちにルターを捕らえるよう命じた。


それから三日後。

ルターの領土の山中にある鍾乳洞から大量のブラドの塊が発見された。これにより、一連の事件の真相が白日の下に晒されることとなった。

ルターの処分は、彼のこれまでの功績もあり判決に時間を要している。

フィランダ王については長期にわたる政務放棄を理由にクライヴの手で拘束され、一時的に身柄は離宮へと移された。フィランダ王もまたルター同様裁判にかけられ、刑に服することになるだろう。

今、エクセリール国の柁を握っているのはクライヴだ。

本来なら国から出ることなど叶わぬ身であるはずなのに、クライヴはグレイスを連れて真冬の海を航海していた。

空には灰色の雲が広がっていた。外套をはためかせながら、甲板に立つクライヴの後ろにはグレイスが控えていた。

「これをお返ししておきます」

手渡されたのは、貝殻のブレスレットだった。

「……お前はどこまで知っていたんだ」

海風を浴びながら、まっすぐ前を向いたままクライヴが言った。

「あなたと同じだけです。私は己の信念に従いました。あの娘を王のもとへ遣《や》ったのも、それが最善だと考えたからです」

アリーナを密かに脱獄させたのは、やはりグレイスだった。彼女は身代わりを用意し、民衆に処刑を目撃させることで一連の騒動に一応の終止符を打った。

グレイスにとってもアリーナの罪状は予期せぬことでもあったのだ。だからこそ、アリーナを逃がした。ルターもそれを黙認していたのだ。

「お前は何年経っても頑固だな。レイの夫となる男は大変だろう」

「余計なお世話です」

憮然とした口調を、クライヴは軽く笑った。真冬の海風の冷たさは頭を冷やすにはちょうどいい。

「教えてくれ。アリーナは無事で居るのか？　シレイニ島に居るんだろう？」

「あなたはそんなことも知らずに船を出したのですか？」

呆れた声がクライヴを詰った。

「どうしてレイはあそこまでアリーナを嫌ったんだ」

「その呼び名はやめてください」

一歩後ろに立つグレイスがぴしゃりと言い放つ。

「……あなたを奪われるのが嫌だった。とお答えすれば満足ですか？」

「そんなわけないだろ。お前が俺に恋愛感情を持ってるなら、とっくに気づいてるよ」

「ですね」

くすりと笑い、「……私の知らない父を知っていることが悔しかったんだと思います」

と言った。

「私の知らない父って……。もしかして、アリーナの養父はレイの父親だったのか!?」

そんな話は聞いていないと息巻けば、グレイスは平然と「言ってませんから」と言い放った。

「知らないついでに教えてくれ。ルターがレイを引き取ったのは何でだ？」

クライヴの剣の指南役に就いた時、ルターは自分の娘と言ってグレイスを紹介してきた。彼女との絆はそこから始まったのだ。

「私にも分かりません。聞いたところで教えてくださる方ではありませんでしたし、私も育ててくださった恩義に応えることだけで精一杯でした」

「ルターがオルガだったことについては、どうだ？　共に暮らしたお前なら不審な行動を感じる瞬間くらいあっただろう」

しばらくの沈黙の後、グレイスが首を横に振った。

「四六時中一緒だった頃ならまだしも、あなたにお仕えすることが決まった後、私は家を出ています。あの方の行動のすべてを把握することは不可能でした」

語った言葉が真実なのか、それともこれ以上、養父を疑いたくないと願う思いから出たものなのか、クライヴに推し量る術はなかった。

途切れた会話を互いに繋げようとはしなかった。

船はまっすぐシレイニ島へ向かっている。船の中で過ごした一昼夜はどんな時よりも長く感じられた。霧の奥にわずかだが島の影が見えた。あと少しで愛しい人を迎えに行ける。港を出てからずっと、クライヴの胸は再会への期待と不安が入り交じっていた。

「アリーナは許してくれるだろうか」

二度と顔も見たくないと追い返されたりしないだろうか。

揺らぐ心を静めようと、視線を下に向けた。

その時だった。

「クライヴ様……、あれを!」

グレイスの緊張を孕んだ声に、ハッと顔を上げる。

シレイニ島が赤く染まっていた。

☆★☆

自分だけが生き残ってしまったことを、ずっと後悔していた。

だから、今度は自分でこの命を絶とう。

それはあの日から決めていたこと。

ローザを救い出した暁には、死んで詫びようと……。

赤々と燃えるトウビ畑をアリーナはぼんやりと眺めていた。手には短剣が握られている。

みんなの怨念《おんねん》を聞きながら生きるのは、苦しみしかなかった。

(もう疲れちゃった……)

愛も、生きる理由も失った自分にいったい何が残っているというのだろう。

ローザは死んでいた。ならば、今更オルガの命令を聞く理由など、ない。

枯れかけのトウビ草はよく燃える。

赤い火の粉が風に舞い、空へと舞い上がっていく。ここはエクセリール国のようには雪が降らない代わりに、乾燥した気候になる。火の粉は瞬く間に大地を火の海にした。

島に戻されたアリーナは、約四年ぶりに村へ入った。不思議なもので、あんなにも足を踏み入れるのが恐ろしかったのに、今では何の恐怖も感じなかった。そこにはクライヴの言葉どおり無数に点在する石の墓標があった。

まるで夢が現実になったみたいだった。

黒煙を満足げに見つめながら、短剣を首にあてがった。ゆっくりと目を閉じたその時だった。

「アリーナッ!!」

居るはずの無い人の声がした。

まだ自分は幻影を見るのだろうか。

ゆるゆると後ろを振り返る。必死の形相をしたクライヴがこちらを見ていた。

「アリーナ、何してるっ!?」

「ク…ライヴ……？」

なぜ彼がここに居るんだろう。どうして、まだ私の名を呼んでいるの？

赤い炎の向こうに見え隠れするクライヴの姿が確かにあった。クライヴは辺りを見渡しアリーナのもとへ行く道を探していた。

「何しに来たの……」

「アリーナ、やめろっ。それを捨てるんだっ！」

まださほど燃えていない場所を縫ってクライヴが駆け寄ってくる。

「来ないで……、クライヴ。来ちゃ駄目ッ!!」

叫び、短剣を持つ手に力を込めた。

「来たら、死ぬからっ!!」

あと少しのところまで来ていたクライヴが、ぴたりと足を止めた。

「本気よ」

嘘では無い証に切っ先を肌に押しつける。ぷつ…と音がして、鮮血が滲み出てきた。それを見たクライヴが震え上がった。

「やめろ……、なぜなんだ。どうしてお前が死ぬんだよっ!!」

「生きたくないからよっ!! ずっと……ずっと苦しかった。本当はずっと死にたかったのっ！ でも、生きなくちゃいけなくて……。でも、もういいの。全部終わったのッ！」

「ローザはっ!? 彼女を助けるんだろっ」

「——死んでた」

告白にクライヴが息を呑んだ。

「アリーナ、聞いてくれ。オルガは捕らえた、君のおかげだ。俺のためにしてくれたことも全部知ってる。ローザのことは残念だったが……」

「そんなこと、もうどうだっていいのよ！」

　未練がましいクライヴの懺悔をアリーナの悲鳴が一蹴した。

「オルガを島に招き入れたのは私ッ。あの男の口車に乗せられ、ブラドの存在を教えてしまったのも私！　みんなが殺されたのも、全部私のせい!!　そんな私が生きていていいわけないじゃない。どのみち、あいつは私を殺したわ。だって初めからブラドの作り方なんて知らないんだものっ！」

　ブラドはトウビの亜種。必要なのは島民の亡骸。とれた蜜を凝固させ、ブラドにする。アリーナが知っているのはそれだけだ。肝心なところは何も知らない。

「それでも、作れると言わなければローザが死んでしまうわ！　だから、嘘をついた。あいつが来たら、ローザを返してもらった後で、似た物でも渡すつもりだった。ローザだけでも救えればいいと思ったから。その後なら自分がどうなってもかまわないもの！　けど、全部無駄だったっ。もう私が生きていい場所なんてどこにもない、生きる理由なんてないの!!」

「あるに決まってんだろっ!!」

　グッとアリーナが力を込めた短剣を、飛びかかってきたクライヴが払い飛ばした。その勢いのまま、強く胸に抱きしめる。

「あるだろ……、あるんだよ！　俺がアリーナを好きだから、愛してるから。だから生きろよ！　死ぬ理由なんてあるかっ!!」

　クライヴの慟哭はすべてを諦めたアリーナの心を呼び戻そうと必死だ。

「なぁ、生きるのが辛いなら違う生き方をすればいい。生きる理由が欲しいなら、俺がいくらでも作ってやる。これまではローザを救うために生きてきたんだろ。でも、それがなくなったから終わりだなんて言うな。――ッ、何で気づかないんだよっ!!　ずっと側に居ると言っただろうが。いいか、よく聞け。アリーナの前にはまだ道があるんだ。お前が諦めない限り、どこまでも歩いていける。だから、まだ諦めるな。勝手に俺の手を放すな。アリーナ、聞いてるかっ!?」

　ぎゅうぎゅうと抱きしめて、切羽詰まった声が何度もアリーナを呼んだ。

「どれか一つでもいい、どんな言葉でもいいから届けよ。聞き入れてくれよっ！　愛してるんだ、生きてて欲しいんだよっ。でなきゃ、俺が嫌なんだよっ!!　アリーナ、死ぬな。死ぬな……、死ぬなッ！」

　熱い体温と魂が生きろと叫喚する。

　どうして……。

　声にしようとした想いが喉の途中で引っかかった。自分は彼にこれほど強く想われることなんて何もしていない。クライヴの側に居ても何もできなかった。アリーナの存在自体が彼を苦しめていた。罪人の娘であり、今では国王暗殺未遂の罪まで着せられた。これらの罪が無実であることが証明されない限り、アリーナは重罪人のままだ。

何も知らなかったアリーナは、ただ彼に守られていた。王宮に居た頃は、守られていることすら気づけなかった。クライヴはすべてを知りながらもアリーナを愛してくれた。

アリーナにもう一度生きる光を照らしてくれたのはクライヴだ。彼を愛したから、彼の役に立ちたかった。クライヴが王としてエクセリール国を導く未来を望んだ。だから、別れを決めたのだ。

「わた……私が居ると傷つける……のに……?」

「だから、何だ。一生誰も傷つけずに生きてけるとでも思ってるのかっ!? 俺たち毎日誰かしらを傷つけて生きてるんだ。傷ついて、傷つけられながらも、それでも人を愛してくんだよっ! アリーナがいったい何をしたって言うんだっ。故意に人を傷つけてきたのかよ。違うだろっ? 全部よかれと思ってしてきたことじゃないか。ルターはお前の善意を利用した。アリーナが心を病む理由なんて初めからなかったんだ!!」

クライヴが両肩を摑み、アリーナの顔をのぞき込んだ。

「きっと彼らも分かってくれている。もう許されていいんだ」

「嘘、そんなことない……。だって、聞こえるもの。みんなの恨みが私を責めてる」

頑なに拒むアリーナに、クライヴは海の様相の異変に気がついた。

「アリーナ、見てみろ」

ゆるゆると顔を上げれば、海辺を泳ぐ無数のイルカが見えた。

(こんな時期にイルカ……?)

イルカたちは時折鳴き声を上げなら水面を跳ね、海を泳いでいる。まるでアリーナにその姿を見せんとしているかのようだ。

その昔、シレイニ島の祖先は海の住人だったという。

「――もう許されてたんだよ」

彼らの切なげな鳴き声にアリーナがくしゃりと泣き顔を歪めた。

「あ……あぁ……、わ…あぁぁ――ッ!!」

轟々と赤い炎がトウビ草を燃やしていく。アリーナはいつまでも赤ん坊のように大声で泣き続けた。

終章　旅立ち

あれから一年の月日が過ぎた。

ルターは、国を混乱させ多くの命を奪ったものの、これまでの功績と彼を慕う者たちの嘆願《たんがん》もあり、生涯幽閉されることとなった。

「あなただけが幸福になるのは許されない。犯した罪、死んだ者たちを悼《いた》みながら残された命をまっとうするんだ」

それがクライヴが彼に掛けた最後の言葉となった。

フィランダにおいては、裁判で十五年前の暗殺事件の真相が明らかにされ、王位を剥奪された後、処刑された。

エクセリール国第十二代国王となったクライヴは、改めて国の繁栄を国民に誓った。

以降は、新王のもとエクセリール国は新たな道を歩み始めることとなる。

「グレイス様、クライヴ様はどちらにいらっしゃるのですかっ!?」

執務室で仕事をしていると、新しくクライヴの補佐についた若者が、大量の書類を抱えながら悲鳴を上げて入って来た。

「私はもうあの方のお目付役ではありません」

彼は何かと言えば、こうしてグレイスに泣きついてくる。

あの一件で、てっきり僻地への左遷か何らかの処分がくだることを覚悟していたグレイスだったが、予想に反して下された処遇は降格のみ。

『お前みたいな奴は、ある程度近くに置いておいた方が監視しやすいんだよ』

クライヴの側近という任を解かれたグレイスは今、新体制の総指揮を執っている。降格というが、体よく面倒くさい仕事を押しつけられただけの気がしてならない。

「そんなつれない……。長年の勘で予想してください！」

「どこかその辺にいらっしゃるでしょう」

嫌そうに眉をひそめれば、一気に泣きそうな顔をされた。この若者、仕事はできるがどうにも扱いづらい。いちいち面倒くさいのだ。

「そんな犬猫みたいに言わないでください！　おみえにならないから伺っているんです。しかも、こんなものが机に残されていて……。本当なのでしょうか!?」

泣き言を喚きながら、書類の一番上に乗せてあった用紙をグレイスの眼前にぐいっと突き出した。

一読した後、グレイスは書きかけの書類に視線を戻す。体制を移行するのはいいが、それに伴い組織の改編や法制の見直しなど、毎日が目の回る忙しさだ。この際、クライヴの逃避などどうでもいい。

「グレイス様は、どうしてそんなに落ち着いていらっしゃるんですか!? この書類の山はどうすればいいんですかっ。見てくださいよ、クライヴ様の署名が必要な書類がこんなに……駄目だ、もう無理だ」

だが、まだ彼の性格に慣れていない男は、よほど職務放棄されたことがこたえたのだろう。さめざめと泣き出しながらの愚痴のうるささに、グレイスはたまらず息をついた。

「鬱陶《うっとう》しい、たたき出しますよ」

すげない口調と冷淡な視線に、ぴたりと泣き言が止んだ。

「どうもこうも、出て行かれたのならどうしようもありません。あの方のことです、緊急性のあるものは目を通しているはず。――貸しなさい」

「は、はい！」

途端、若者は頬を上気させながら、書類の束を差し出した。その表情はうっとりと蕩けている。

氷の女王と謳われるグレイスの眼差しと相反する面倒見の良さ。その落差に心奪われ、もっと彼女に蔑まれたいと望む者は多い。

もちろん、グレイス自身はそんなことを知るよしもなかった。

（一年しかもたなかったわ）

いや、一年ももったと言うべきか。暮らす場所こそ離れたが、クライヴはよくここを訪れては愚痴を零していく。その大半が、孤島に残した恋人のことだった。この一年の間で何度「シレイニ島に移住したい」と言われたことか。そんなに寂しいのなら後宮にでも押し込んでおけばいいのに。クライヴは、アリーナへの風当たりを軽減させたいと願う一途な恋心から、彼女を護衛付きで島に帰したのだ。

だが、いよいよ限界だったようだ。

『アリーナを迎えに行ってくる』

彼は今頃、大海を渡っているだろう。

☆★☆

朝の海は好き。

アリーナは一人のんびりと保管庫までの道を歩いていた。すっかり銀色になった髪を海風が揺らしている。左手首には虹色に輝く宝石がついたブレスレットが嵌められている。島での一件の後、一度二人は王都へ戻った。それから再びアリーナだけが島に戻ることとなり、別れ際にクライヴから改めて贈られたのだ。

『どこに居ても必ず俺のもとに戻ってこられるように。――愛してるよ』

愛おしそうにブレスレットに口づけながら囁かれた愛の告白を思い出し、くすりと笑みを零した。

（島に戻ってきて、もう一年も経つのね……）

いつの間に、そんなにも時が流れていたのかと感慨深くなる。

島の景色も随分と変わった。一度は焼失したトウビ畑だったが、今は新たな芽が吹き、若草色の絨毯を作っている。

みんなの声が聞こえなくなると、徘徊もしなくなった。

（私は許されたのかな……）

あの日、アリーナたちが見たイルカは本当に島のみんなの生まれ変わりだったのだろうか。そうかもしれないし、違うかもしれない。

あれからアリーナは改めて彼らの魂を弔った。本当は一人一人の墓標を作りたかったのだが、慰霊碑《いれいひ》の方がみんなが一緒に居られるというクライヴの助言を受け、海が見える場所にそれを作った。

この一年はアリーナにとってとても穏やかな時間だった。

クライヴはシレイニ島にアリーナを戻すことを最後まで渋っていたが、エクセリール国にも動乱が予想されることもあり、最終的には条件付きで島に戻ることを承諾してくれた。

護衛を同行させること。

二週間に一度、必ずクライヴに手紙を書くこと。

漂流者を見つけても絶対に家に入れないこと、必要以上に親しくしないこと。

嬉しい束縛が心地よかった。

アリーナの両親のことも、クライヴから真相を聞いた。

「すべてこれに書いてある。――本当に申し訳なかった」

エクセリール国王となったクライヴがくれた謝罪を、アリーナは受け入れた。両親のことは名誉を回復してくれさえすれば、それでいいと彼には伝えておいた。

半年くらい経った頃だろうか。

島に数組の移住者がやって来た。きっかけはクライヴからの提案だった。

「もう一度、シレイニ島を人が住める場所へと作り直してみないか？」

その中に居た若夫婦の一人が漆黒の髪と褐色の肌をした美しい女性だったことに、アリーナは絶句した。彼女こそローザだったからだ。

彼女はオルガに囚われの身となったその日のうちに海に身を投げたのだという。そこへたまたま通りかかった男に命を救われ、夫婦になったのだとか。二年ほど記憶を失っていたが、その後も島へ戻らなかったのは、その時には男を愛していたからだとローザは言った。そして、アリーナの変わり果てた姿に涙し、アリーナの苦悩を嘆いた。

「もう……歩いて行かなくちゃね」

ローザは生まれたばかりの赤子を抱きしめながら、そう言ってアリーナを許してくれたのだった。

今、育ち始めているトウビ草は彼らが収入源として作っているものだ。

苦悩した過去が少しずつ薄れていく。

アリーナが島を離れようと思えるようになったのも、止まっていたシレイニ島の時間が流れ始めたことを感じられるようになったからだ。

保管庫に入ると、奥で蠢く茶色の毛玉が見えた。

（また？）

苦笑を零し、アリーナはひょいと困った存在を摑み上げた。

「こーら、フィリップ。だから、ここの物を勝手に食べちゃ駄目だと言ってるでしょ？」

食いしん坊のアライグマは相変わらず誰よりも先に届いた食料にありつこうと必死だ。

（そういえば、もう一年も経つのね……）

クライヴと出会った日のことを思い出し、くすりと笑った。

今、彼はどうしてるだろう。手紙を取り出すべく物資の箱を開けるが、目当ての物がないことにアリーナは首を傾げた。今回に限り、手紙が入っていなかったのだ。

毎回、熱烈な求愛の言葉とアリーナの身を案じる文面で埋め尽くされている手紙からは、クライヴの愛が溢れていた。

いつ戻るとも明言しない恋人に、いよいよ愛想を尽かしてしまったのだろうか。

それとも、アリーナよりももっと好きな人ができたのだろうか。

たった一度届かなかっただけで、こんなにも心が悲しみに揺れている。不思議なほど簡単に涙が溢れてきた。

「……会いたい」

虹色の光はどこにいても王子様のもとへ連れて行ってくれるのではなかったの？

遠い海の向こうに住む王子様は、今どうしているのだろう。

「クライヴに会いたい」

ブレスレットに口づけ、切なさを零した時だった。

「やっと言ったな」

唐突に愛しい人の声がした。

背中から掛かった声に心臓が飛び上がる。あらん限りに目を見開いて、ゆるゆると後ろを振り返れば、陽光に煌めく緋色の髪をした人が扉に寄りかかり立っていた。

「クライヴ……？」

優しい声音が問いかけた。逆光のせいでクライヴの顔が影になって見えない。それでも、アリーナには分かる。彼はきっと信じられないくらい柔らかい表情をしているはずだ。

「迎えに来た。――今度こそ、一緒に来てくれるよな」

虹色の輝きはどこに居ても王子様のもとへと導いてくれる魔法の光。今日のクライヴは王族の正装を纏っていた。

弾かれたようにアリーナはクライヴへと駆け出す。放り投げられたフィリップが慌てて床に着地した。

抱きつけば、愛しいぬくもりが感じられた。

「連れて行って」

今度こそ、クライヴと一緒に生きていきたい。

どこまでもアリーナの心を慈しんでくれた人と生涯を歩んで行きたい。彼が側に居てくれるなら、大丈夫。

外の世界にはアリーナが知らないことが溢れている。クライヴと並んで歩くにはまだまだ至らないことだらけだけど、もう悲観なんてしない。

(だって、未来への指針は見えているもの)

緋色に輝く光が、アリーナを導いてくれる。あの光にふさわしい存在になるために、これからを生きていこう。

「アリーナ、どうか俺だけの妃になってくれ」

いつか二人で読んだアリーナの大好きなおとぎ話の一節だ。もちろん、少女はこう答えるのだ。

「はい。よろこんで、私の王子様」

「アリーナ……ッ、愛してる」

ぎゅうっと抱きしめ囁かれた言葉に、アリーナは静かに目を閉じた。

あとがき

こんにちは。宇奈月香《うなづきこう》です。

この度は『ここへ、おかえり』をお手に取っていただきありがとうございました。

今回は、ヒーローがヒロインへの愛のために奮闘し、でもその努力は一歩及ばずヒロインは……みたいな話を書きたくてパソコンの前に向かったはずなのに、書き上げてみればまったく別の形でヒーローがうなだれていました。

連日、アリーナとクライヴの心の変化を追っていくことが上手くできなくてひぃひぃ言ってました。恋をしていく過程の心を書くって、本当難しい。そんな私を助けてくださったのが、ひのもといちこ先生が描いてくださったイラストです。カバーイラストの美しさに吐息を零された方もいらっしゃるんじゃないでしょうか？　ちなみに、私は零しました。挿絵も素敵ですよ！　ぜひご堪能《たんのう》ください。

最後になりましたが、毎回ここまで導いてくださる担当様と、作品に携わってくださった皆様に、心よりお礼申し上げます。誠にありがとうございました。

また皆様にお会いできることを祈って、あとがきとさせていただきます。

宇奈月香

この本を読んでのご意見・ご感想をお待ちしております。

◆ あて先 ◆

〒101-0051
東京都千代田区神田神保町2-4-7 久月神田ビル
㈱イースト・プレス　ソーニャ文庫編集部
宇奈月香先生／ひのもといちこ先生

ここへ、おかえり

2016年9月10日　第1刷発行

著　者　宇奈月香《うなづきこう》

イラスト　ひのもといちこ

装　丁　imagejack.inc

DTP　松井和彌

編集・発行人　安本千恵子

発行所　株式会社イースト・プレス
〒101-0051
東京都千代田区神田神保町2-4-7 久月神田ビル
TEL 03-5213-4700　FAX 03-5213-4701

印刷所　中央精版印刷株式会社

ISBN 978-4-7816-9585-3

Sonya ソーニャ文庫の本

迎えに来たよ、俺の白菊。

長雨から都を救うため、生贄として捧げられることになった白菊は、「矢科の鬼」と呼ばれる恐ろしい山賊・莉汪に攫われてしまう。閉じ込められ凌辱されて、怒りと恐怖を覚える白菊。しかし少しずつ莉汪と言葉を交わすようになり、やがて彼との過去も思い出し――。

『狂《きょう》鬼《き》の愛《いと》し子』 宇奈月香

イラスト サマミヤアカザ